SI MES SOUVENIRS SONT BONS

Delphine Benattar

SI MES SOUVENIRS SONT BONS

Éditions Anne Carrière

ISBN : 978-2-3808-2156-7

www.anne-carriere.fr

À ma grand-mère, Nina

« Un jour, j'étais âgée déjà, dans le hall d'un lieu public, un homme est venu vers moi. Il s'est fait connaître et il m'a dit : "Je vous connais depuis toujours. Tout le monde dit que vous étiez belle lorsque vous étiez jeune, je suis venu pour vous dire que pour moi je vous trouve plus belle maintenant que lorsque vous étiez jeune, j'aimais moins votre visage de jeune femme que celui que vous avez maintenant, dévasté." »

Marguerite Duras, *L'Amant*, 1984

La persistance de la mémoire

Je ne m'en souviens plus très bien. J'ai toujours occulté le passé. J'ai cette faculté de ne jamais me retourner, et c'est un sentiment qui comble. Derrière moi, il n'y a rien. Presque rien. C'est un fait, ma mémoire flanche. Elle laisse tout filer. Aussi vite que le temps. Je me bats depuis toujours pour creuser, faire remonter les choses qui restent enfouies. Des bribes me reviennent parfois, et ça me rassure. Se dire qu'il existe un « avant ». Ne pas se sentir figé dans l'instant. Il y a des personnes qui ravivent sans cesse le passé ou se projettent systématiquement dans l'avenir, et d'autres qui ne vivent qu'au présent. Je fais partie de la seconde catégorie. Pas de nostalgie, jamais d'anticipation. J'avance au jour le jour, guidée au quotidien par la quête de satisfaction. Je fonctionne comme ça, à la manière d'un enfant. Je n'ai pas le choix. Ma mémoire pirate les informations emmagasinées. Elle efface tout, comme par magie. Je n'ai quasiment aucun souvenir, aucune image du passé... Quelques odeurs insaisissables, une ou deux mélodies envoûtantes et des moments volés dont chaque détail m'a échappé. Et surtout, je me souviens parfois de cette période fragile de mon enfance que j'ai tue pendant des années. Celle que je n'ai pas reniée. À laquelle je suis restée fidèle. Celle qui me raconte tout entière.

Je me suis souvent demandé pourquoi la femme en moi restait muette. Longtemps, j'ai cherché l'adulte qui somnolait. Je me refusais à le devenir. Je croyais pouvoir rester cette « femme-enfant » que l'on regarde du coin de l'œil, que l'on trouve espiègle et mutine. Je porte toujours les talons comme une enfant le ferait : un peu gauche, un peu too much. Longtemps, le personnage de Lolita m'a fascinée. Longtemps, j'ai cru que je ne mourrais pas ou que mon visage ne paraîtrait jamais son âge. Je bannis le maquillage sur mes yeux pour avoir l'air plus juvénile. Je pose du fard rose sur mes pommettes, mets de l'anticerne pour cacher la fatigue et porte des jeans et des baskets comme une adolescente attardée.

Il existe vraisemblablement un lien confus entre ce refus de vieillir et cet ancrage fantasmatique au temps et à l'enfance. Qu'est-ce que je cherche à repousser ?

Face au miroir, je détaille les lignes de mon visage aux contours imparfaits. J'accentue les rides à force de trop les traquer. Je désespère de ne plus voir en moi la jeunesse et la fraîcheur de celle que j'étais auparavant. Mais comment j'étais, avant ? Je n'ai que très peu de souvenirs du passé, et pourtant je souhaiterais encore y être.

Un beau jour, l'enfant a eu une enfant. Et les questions se sont faites plus embarrassantes. Comment faire pour l'aimer comme une mère ? Comment faire pour la nourrir, l'accompagner et la consoler ? Pour anticiper ses besoins au quotidien ? Comment un enfant pouvait-il prendre soin d'un autre enfant ?

C'était une épreuve de lui apprendre à grandir alors que moi-même je n'avais jamais intégré cette règle inéluctable de la vie.

J'ai peiné. J'ai souffert de ne pas trouver cette force en moi. J'ai rencontré des psys, travaillé sur cette incapacité à m'accepter en tant que mère. Et comble du comble, ma fille s'est mise à grandir plus vite que la normale. D'un côté on me disait sans cesse que je faisais moins que mon âge, de l'autre ma fille en paraissait plus.

Et puis, j'ai fini par comprendre… Je ne me suis pas simplement souvenue, j'ai recollé les morceaux. Trop de choses se rapportaient au temps et à l'âge. Il devait exister un indice, un élément qui m'aide à avancer et à franchir ces étapes de la vie sans que cela devienne un poids insurmontable qui s'accentue avec les années. Il y avait vraisemblablement un pan tout entier de mon histoire qui me poussait à rester figée dans cette étape merveilleuse de l'enfance. Celle-là même qui m'empêchait d'entrevoir le passé et le futur.

Il suffisait de revenir à la source et tout devenait limpide.

Tanit

Du plus loin que je me souvienne, j'attire les regards. Dès mon plus jeune âge, on me parle de mes yeux, de ma bouche, de mes cheveux. J'ai cinq ans et les photos de moi ressemblent à une publicité pour Mixa Bébé. Puis vient le temps où l'on me parle de mon corps, de mes jambes, de mes seins. Mon père veut les faire taire, ces gens qui répètent qu'ils me trouvent jolie. Et à force, je finis par me persuader du contraire. Je finis par croire que je suis laide. Mais, dans les yeux de mon père, je reprends soudain confiance. C'est à travers son regard que je comprends ce que je suis. Comme toutes les petites filles, j'ai du pouvoir sur lui, et il en a autant sur moi. Désormais, il lui faut tout faire pour me préserver, pour qu'il ne m'arrive rien, pour me mettre à l'abri du « mauvais œil », du regard des hommes malintentionnés.

Dès mon plus jeune âge, on me regarde et je finis par y prendre goût. J'y prends goût autant que je m'en nourris. Je m'y accroche. Séduire devient le moyen de parvenir à mes fins. Un exercice qui n'a plus aucun secret pour moi. Une solution à tout.

C'est alors qu'avant même le début de mon adolescence, et comme un fait exprès, le calvaire de mon père a débuté...

À l'âge où les petites filles font des châteaux de sable, un jeune homme de sept ans mon aîné a posé son regard sur moi et m'a aimée. Pour de vrai.

En 1977, mon père se rend à Ibiza avec une poignée d'amis. Nous formons un groupe de jeunes Français avec enfants, chiens, bateaux et, surtout, une envie furieuse de s'approprier l'endroit et d'y trouver ce qu'ailleurs nous ne trouvions plus : la liberté absolue. C'est l'époque où l'île est encore à l'état sauvage. Les touristes ne la connaissent pas. Seuls les hippies en ont fait leur repaire. Nous faisons partie des tout premiers Français à y mettre les pieds. Nos parents ne jurent plus que par ce havre de paix et abandonnent définitivement l'idée d'aller passer leurs vacances ailleurs. J'ai quatre ans et je découvre l'île en la sillonnant à ski nautique. Les gens m'applaudissent de leurs bateaux, ébahis par ma dextérité à affronter les vagues ou les sillages. Je suis comme née les skis aux pieds et je ne saisis pas la difficulté de l'exercice. C'est inné.

Ibiza devient mon coin de paradis. Le lieu que j'attendrai de retrouver chaque année.

Il est écrit je ne sais où que lorsqu'on s'y rend une fois, on n'en revient plus jamais le même. C'est ce qui m'arrive. Chaque été, je regagne Paris transformée. Il est aussi dit que cette île est « maudite ». Un sort lui aurait été jeté par une déesse appelée Tanit. Tanit est la déesse de l'amour et de la fécondité dans le panthéon romain. Elle a été trompée et abandonnée par son amant parti en mer. Il n'est jamais revenu la chercher. Alors, trahie et désespérée, elle se serait vengée. Dès qu'un couple s'aventure à Ibiza, la déesse choisit de le briser. C'est ce qui se dit.

Chaque année, ce sont les mêmes personnes qui nous accompagnent. Gabriel, Marie et leurs garçons : Yann et David ; Marc, Diane et leurs deux fils plus âgés : Lenny et Stan ; Jean-Jacques, cousin de Marc, et ses trois boute-en-train : Simon, Sandra et Nathalie ; Claire, Alain et leurs deux enfants.

Ils sont le noyau dur de notre groupe de Parisiens. Les autres sont des pièces rapportées dont je n'ai qu'un trop vague souvenir. Tout le monde nous connaît. Nous parlons fort, nous avons des hors-bords et la plage tout entière subit nos allées et venues. Nous ne sommes pas discrets. Nous sommes l'antidiscrétion. Nous avons élu domicile à Cala Vadella et cette crique devient désormais notre point d'ancrage sur l'île.

Nous, les enfants, avons presque tous le même âge. Nous grandissons ensemble et, inévitablement, l'amitié se tisse plus intensément chaque année. Je suis toujours un peu à l'écart. N'ayant jamais eu de réelle affinité pour les bandes, je m'isole souvent. La relation privilégiée que j'ai à mon père ne fait qu'attiser ce penchant.

Au sein de notre groupe règne une ambiance de fête incessante. Les parents sortent beaucoup et se couchent tard. Les enfants ont forcément droit à plus de libertés que le reste de l'année.

J'ai huit ans. Simon me charrie souvent et se moque de ma voix. Elle est très aiguë à cause de mon pouce que je suce toute la journée et qui me déforme le palais. Mais je n'y prête pas attention. Très tôt, donc, Simon s'intéresse aux filles plus âgées que moi et j'observe la façon dont il s'y prend. La manière dont il en parle. Il est jeune, mais déjà très précoce en la matière. Son charisme et son approche de la séduction me fascinent. Moi, je suis en dehors de tout ça. Je ne peux pas comprendre. Je suis la petite fille à papa. Je ne fais pas partie de leurs préoccupations d'adolescents. Je suis une enfant, un bébé. Je n'ai pas encore de formes ni de seins. Selon les médecins, j'ai un retard osseux. Je parais plus jeune que mon âge. Et toute ma vie, j'entendrai cette phrase.

À huit ans donc je suis plate, maigrichonne, je n'ai pas de fesses et ma voix est haut perchée. Je suis une gamine dans un corps de gamine et on ne m'en demande pas plus. Lenny, lui, a quinze ans et une attitude bien différente vis-à-vis de moi. Dans ses yeux, je vois autre chose. Ça brille. Je vois qu'il me trouve belle et qu'un rien venant de moi l'attendrit. Je vois aussi qu'il comprend qui je suis. Qu'il anticipe ce que je peux ressentir. Pourtant j'ai huit ans et il en a quinze. Il y a dans ses regards un doux mélange de fascination et de pudeur.

Comme moi, il a deux passions : l'être humain et la noix de coco. Pendant des années, nous mettrons en avant ces deux points communs dont nous dirons, sans aucune mesure, qu'ils nous lient à vie comme des jumeaux.

Chaque été, nous nous retrouvons. Nous grandissons et, sans même le savoir, notre amour aussi. Lenny devient mon obsession. La conversation que je souhaite surprendre au téléphone quand mon père parle au sien. Le dîner que je ne veux pas rater s'il est dans les parages. La lettre que j'attends depuis vingt-deux jours. L'information qui ne doit pas m'échapper.

Je viens sur cette île pour le voir. Nous ne faisons rien de mal. Nous nous isolons et nous parlons des heures parce que nous sommes les seuls à pouvoir nous comprendre. D'une année sur l'autre, nous ne savons pas ce qui nous attend. Nous sommes à la merci de nos sentiments. Nous nous aimons en secret parce que c'est interdit. Je n'ai pas l'âge d'aimer et je ne sais pas vraiment ce que c'est, mais les adultes autour de nous savent.

Je suis fille unique. Ma mère est décédée à ma naissance. En me donnant la vie, son corps n'a pas résisté. C'est la terrible histoire de mon père. Et quand il me regarde, c'est ma mère qu'il voit grandir à travers moi. Je suis l'amour dans le présent et la nostalgie à la fois. Je lui renvoie sa propre solitude. Le douloureux moment d'abandon. En échange de la mort de sa femme, on lui a fait cadeau d'une petite fille. Maman n'est plus là mais il dit souvent qu'elle vit en moi. Je n'ai jamais compris cette phrase. Je n'ai jamais voulu la comprendre. Accepter la mort d'un être cher, c'est passer à autre chose, tourner la page. Mon père a une vision sinistre de la mort. Il refuse de l'affronter.

Un soir où j'ai enfin l'âge de comprendre, il se penche à mon chevet et me glisse à l'oreille :

— Regarde comme tu ressembles à ta mère.

Il me tend cette photo, m'embrasse du bout des lèvres et me laisse seule avec elle. Je la prends et la cache sous mon oreiller après l'avoir longuement scrutée, fascinée par ce nouveau visage.

Je la trouve belle. Les traits sont les mêmes que les miens. À quelques détails près. Les contours précis et dessinés, la bouche pulpeuse, les yeux en amande.

Mais lorsqu'on n'a pas eu la chance de connaître sa maman, on ne sait pas ce qu'est le manque. C'est indéfinissable. On le vit comme une fatalité. Je ne suis pas née pour être maternée, mais paternée. C'est comme ça. C'est la vie qu'on m'a donnée. Celle d'une gamine élevée par un père veuf et dévoué. Celle-là précisément.

J'ai bien aimé vivre seule avec mon père. Jusqu'à mes onze ans... Jusqu'au jour où papa sent en moi ce besoin d'indépendance. Ensuite, notre histoire n'est plus la même. L'amour qu'il me porte est empreint d'une inquiétude permanente. Celle qui vous empêche de dormir et vous ronge jusqu'au petit matin. La même que lorsqu'il a perdu maman. À partir de mes onze ans, nous entrons dans un tout autre mode de communication. Nous devenons des étrangers l'un pour l'autre. L'amour que nous nous portons est complexe, alambiqué. Il fonctionne à deux vitesses, oscillant entre la fusion et le rejet. Un effet miroir qui nous renvoie à nous-mêmes, forçant le trait sur notre incapacité à nous séparer.

Ce qui me fait dire aujourd'hui que mon père n'a jamais digéré la mort de ma mère. Qu'à travers moi, il continuait de la faire exister. Pas moyen de lui échapper : il devait réussir à me garder. Comme un devoir à accomplir. Une mission à relever coûte que coûte. Une promesse tenue à la femme de sa vie.

Chaque année, nous partons en voiture. Un trajet long de treize heures jusqu'à Barcelone. Nous faisons une halte dans un hôtel de Montpellier avant de reprendre la route, et d'embarquer pour une traversée de nuit en bateau. Mon père et moi adorons ce moment. C'est une sensation unique que celle de traverser la mer en pleine nuit. L'étendue noire comme si elle nous prenait.

Au petit matin, nous débarquons sur le port d'Ibiza. Le ciel est embrumé, le quai désert. Une impression d'étrangeté qui plane quand nous regagnons la terre ferme. Nous arrivons sonnés par le voyage en mer, la fatigue, les effluves d'essence et l'excitation d'être enfin là. Je jette un regard en direction de mon père. Nous y sommes pour de bon. On les a bien méritées, ces vacances.

C'est toujours pareil. Papa décide de faire une croix sur Paris et sa vie à cent à l'heure pendant un mois et demi. C'est comme ça. C'est ce qu'il fait toujours. Une coupure nette avec son quotidien. Dès lors, notre rythme change : nous passons à l'heure espagnole. Il cesse tout à coup d'être cet homme irréprochable en société. Exit le père dévoué, l'homme d'affaires estimé. Ibiza, c'est le lieu qui fait rejaillir son sens de la fête, son goût du plaisir et du n'importe quoi. Et tout se transforme.

Chaque année, nous louons la même maison. Chaque année, les murs de cette *finca* résonnent des souvenirs des années précédentes. Ma chambre et celle de mon père sont mitoyennes. Elles ont toutes deux un petit balcon avec une vue imprenable sur la mer. Nous nous y installons comme un vieux couple. Chaque année nous reproduisons les mêmes gestes. Nous déballons nos affaires dans nos chambres respectives. Sans nous concerter. De la même manière, au même moment.

Nous observons l'horizon au loin, et rien n'a changé. Ici rien ne change jamais – en tout cas rien ne va changer jusque dans les années 1990. J'aime ça. Les repères ont pour moi quelque chose de réconfortant. Les repères c'est agréable, c'est de la douceur. Et je m'y accroche longtemps. Jusqu'au moment où je comprends qu'ils sont un leurre.

Chaque année, je me penche sur la balustrade et j'attends ce moment où, peut-être, j'apercevrai Lenny sur la plage.

C'est vague. Je ne sais pas quand tout cela a commencé. J'ai huit ans. Et dès lors, je ne le quitte plus jamais des yeux. Jusqu'à mes dix-huit ans, je crois que j'aime Lenny. Il est mon premier grand amour. Celui dont on se souvient toute sa vie. Celui qui détermine la suite.

Été 1981

J'ai huit ans, je me vois sur la plage en train d'attendre que les parents aillent chercher les bateaux au corps-mort pour pouvoir partir. Je surveille les glacières et les affaires posées en vrac. Je suis sur la plage et je joue seule, accroupie. Je laisse filer les minuscules paillettes de sable à travers mes doigts et le temps semble s'écouler plus vite.

J'ai ce corps de petite fille, de jeune nymphette. Je suis toute menue, pas de formes, de grandes jambes disproportionnées et de longs cheveux blondis par le soleil et la mer. Il fait chaud. Le soleil tape fort sur ma nuque. Ma peau est couleur caramel. Je porte un bas de maillot de bain rose fuchsia avec des perles de couleur en forme de cœur sur les côtés. Je m'ennuie. Les autres enfants de la bande sont dans l'eau et entament une partie de volley. Je les observe. Je n'ai pas envie de les rejoindre. Ils crient fort et rient à gorge déployée. Je n'aime pas les jeux d'eau.

J'aime nager loin du rivage, en pleine mer. Ne rien sentir sous mes pieds. Seule.

Je n'ai que huit ans et je croise le regard de Lenny qui en a presque quinze. C'est l'âge où les garçons découvrent le pouvoir des femmes sur eux. C'est l'âge où ils cherchent les filles des yeux. Mais pour l'heure, c'est moi que Lenny cherche.

Lenny a un corps d'athlète. Il est fin, élancé, a les cheveux bruns et les yeux qui sourient comme Tom Cruise à sa belle époque. Je le trouve beau. Plus vieux que les autres. Différent de ses cousins. Il me connaît depuis ma naissance. Depuis toujours, il me voit grandir. Il a toujours été là, alors je n'ai pas peur. Tout en lui est une promesse de réconfort.

Je revois très distinctement l'expression de Lenny, comme si le temps s'était arrêté sur cette plage. Son regard est insistant, profond, chargé de tendresse et d'autres choses que je ne sais encore décoder. Parce que je suis bien trop jeune pour le comprendre. C'est un regard égaré sur moi, petite fille. Comme s'il me disait : il n'y a qu'avec toi que j'ai envie d'être, et pourtant tu n'as que huit ans.

Je détourne la tête, gênée. Je me plonge à nouveau dans mon ennui et continue à malaxer le sable entre mes mains.

Mais désormais, nous sommes pris dans une spirale qui ne cessera de nous emporter chaque été. Ses cousins hurlent son nom pour le ramener à la réalité, sous peine de perdre le match :

— Allez, Lenny ! Viens !

Je n'y mets aucun mot, aucune émotion. Je suis bien trop jeune. C'est le début d'une foule de regards échangés entre lui et moi. Une communication en sous-marin faite de codes, de signaux, de gestes étranges dont nous seuls détenons le secret.

Nous partons en mer et nous nous observons de loin, lui du bateau de son père, moi du mien. Le reste du monde est rayé de la carte. Je m'allonge sur la banquette arrière. J'ai toujours à l'esprit qu'il est là, tout près. Ses expressions, son œil toujours en coin… Nous sommes entrés dans ce petit jeu de communication incertaine et je comprends déjà que les parents ne doivent pas savoir. C'est en tout cas ce que l'attitude de Lenny me suggère. Nous ne franchissons pas les limites. Nous restons sages. Mais bientôt, nous avons soif de plus.

Très tôt alors, je sais que j'ai ce penchant pour les hommes et une nette fascination pour ce garçon plus âgé. Très tôt, je prends conscience de mon pouvoir de séduction sur lui. À seulement huit ans, je constate qu'un homme peut me regarder comme si j'en avais dix-huit. Et très tôt, il m'apparaît que le monde des adultes voit cela d'un mauvais œil.

Lenny a peur du regard de mon père sur nous. C'est bien qu'il y a quelque chose de mal derrière tout ça. Alors je me cale sur lui : je dissimule et je fais attention. Petit à petit, j'intègre la manière dont tout cela doit s'orchestrer. Dans le silence. À l'abri des autres. De leur jugement. À l'écart des adultes.

Malgré tout, je ressens ce besoin irrépressible de le voir. D'être en sa présence. Elle me comble. Elle coche toutes les cases. Il est toutes les choses à la fois. La douceur, la complicité, la bienveillance. Il est comme un père, un frère, un meilleur ami, un amoureux secret. Il est beau, rassurant, mystérieux. Il ne donne rien aux autres. À moi, il me donne tout.

Lenny a la réputation d'être un coureur. Mais à Ibiza, les filles de son âge ne l'intéressent pas. Sur l'île et pendant les mois d'été, il n'y a que moi qui compte. Plus je passe du temps avec lui, plus je sens qu'il ne peut rien m'arriver. Il observe, il guette. Tant que je n'ai pas grandi, il est mon protecteur. C'est la sensation que j'ai. La relation qu'il installe.

Le lendemain, Lenny décide de ne pas jouer au volley. Il reste garder les affaires sur la plage avec moi.

Nous parlons de papa. Il me dit que mon père compte beaucoup pour lui. Qu'il l'a vu grandir. Ce qui justifie sans doute qu'on se sente si proches. J'ai la même sensation. Sans savoir de quoi je parle, je mets ça sur le compte de la « fraternité ». C'est le mot qu'il utilise pour nous deux. Il a raison. Il a l'âge d'analyser ce genre de choses.

Il dit qu'on se ressemble. Qu'entre nous, il y a quelque chose de rare, de précieux. Je le crois. Je ne peux que le croire. C'est ce que je ressens intimement, du haut de mes huit ans. Ça me fait du bien de le penser. C'est une manière d'officialiser la chose entre nous. Tout ce qu'il dit est juste, affûté. Je bois ses paroles. Je suis d'accord avec lui. Toujours.

Il me dit que c'est fou comme je suis belle. Que je vais en faire craquer plus d'un quand je serai grande. Et puis, il s'en va.

C'est comme ça. Lenny fera cela jusqu'à mes dix-sept ans : après chaque déclaration solennelle, il tournera les talons. Comme si la culpabilité lui faisait systématiquement prendre le large. Et il me laissera là, seule. Incapable de décrypter ses messages. Bien trop jeune pour les comprendre. Sans jamais prendre conscience qu'au bout de quelques années, ces petites phrases jetées çà et là pour me séduire ne me suffiraient plus. Et que j'attendrais bien plus que de simples mots.

Les moments que nous passons seuls sont rares. Nous sommes un groupe d'amis et nous faisons tout ensemble. Mon père et le sien sont inséparables. Sa mère est étrange. Je n'ai que huit ans et elle ne m'aime déjà pas. Elle me juge. C'est le genre de sensation qui marque, quand on est enfant. On a cet instinct brut qui nous souffle tout haut la pensée des adultes. Très tôt, j'ai conscience des gens qui m'entourent. Très tôt, j'observe, je comprends et je ressens intensément cela. La mère de Lenny, Diane, change d'humeur tout le temps. On ne sait jamais comment elle va se réveiller. Comment elle va réagir. Elle est lunatique et cela créera en moi par la suite une véritable aversion pour ce trait de caractère incertain.

Les instants en compagnie de Lenny sont rares et nous sommes à l'affût de ces moments volés. Cet été 1981 marque le démarrage de bien des choses.

Un soir, après notre balade en mer quotidienne, nous remontons de la plage tous les deux. La côte est raide. Il fait encore une chaleur harassante, même s'il est près de 19 heures. Nous sommes essoufflés et nos deux respirations se superposent. Nous n'échangeons aucun mot. Simplement nos souffles. C'est d'un érotisme torride, quand j'y repense. Il fait chaud, nous marchons pieds nus et le sol est imprégné de la chaleur de la journée. Ça me brûle les pieds et je cherche les coins d'ombre pour les épargner quelques instants.

Je lui attrape la main sans dire un mot. Aide-moi. C'est naturel. J'ai besoin de te toucher. De sentir une petite parcelle de ta peau contre la mienne.

Cette insouciance extrême due à mon jeune âge rendra les choses plus difficiles encore pour lui. Parce que Lenny est à l'âge où on la perd. Lui, il sait qu'on ne prend pas la main d'une gamine de huit ans quand on l'aime et qu'on la trouve belle. À quinze ans on sait déjà ces choses-là. On est déjà légèrement perverti par la vie. On ne se le permet plus.

Il croise quand même ses doigts dans les miens et les serre très fort pour ne pas en perdre une miette. Il les serre fort parce qu'il attendait cela depuis longtemps et que je l'avais senti. C'est moi qui ai pris l'initiative. Je suis entreprenante et je sais ce que je veux. Ce que je veux, je l'obtiens. Mon cœur bat vite. J'ai peur de croiser papa. J'ai peur d'aimer trop fort aussi. Je veux que cet instant ne cesse jamais. Que cette côte dure des kilomètres et qu'elle finisse dans un endroit inhabité. Une colline que nous aménagerions rien que pour nous.

Nous passons devant chez Thérèse, une amie de nos parents. Elle nous offre gentiment à boire. Elle se plante devant nous, s'arrête sur nos visages d'anges rougis par la chaleur. Nous observe, attendrie. Je ne comprends pas la signification de ce regard, mais il doit traduire quelque chose.

Lenny s'installe sur un des fauteuils. Je viens m'asseoir sur ses genoux. J'en ai envie. Dorénavant, son contact me deviendra nécessaire. Dorénavant, je dirai de lui qu'il est mon grand frère. Ça arrangera tout le monde. Je fais cela spontanément. Avec une grande confiance en moi et une insouciance dont je profite impunément.

Lenny est terriblement gêné par tant de proximité. Il sent le regard de Thérèse sur lui. Il ne dit rien. Il est troublé. Mais, en silence, il savoure. Mes fesses saillantes posées délicatement sur ses cuisses. L'air de rien. Je sens son souffle dans ma nuque. Plus je le touche, mieux je me sens. Dans mon esprit et à l'âge que j'ai, il n'y a rien de mal à cela.

Thérèse observe Lenny et prononce cette phrase :

— Lola est une princesse et un jour, c'est toi qui lui demanderas de venir sur tes genoux...

La force et l'influence que les adultes ont eues sur notre histoire… Je ne peux m'empêcher d'y repenser aujourd'hui. Certains étaient émus par ce que nous dégagions. D'autres voyaient là un problème à régler. Un interdit notoire. Quelque chose de profondément malsain.

Nous sommes devant chez moi. Il me lâche la main et m'effleure la joue pour m'embrasser. Je ferme les yeux pour mieux sentir la douceur du geste. La chaleur de sa bouche sur ma peau. La délicatesse du baiser. Instinctivement, je lui tends l'autre pour en redemander encore. Et il s'exécute.

— On se voit tout à l'heure ?

Je ne réponds pas. Je n'ai pas l'habitude de parler beaucoup. Surtout dans ces moments que je considère déjà comme faisant partie des étapes précieuses de notre idylle. Je reste là, inerte, et je savoure. Sans jamais rien montrer.

Je suis pudique, timide. Je garde tout pour moi. Je ressasse ces moments de sensualité lorsque je suis seule, dans ma bulle. Je m'en nourris toute l'année. Désormais, pendant ces mois d'été à Ibiza, c'est comme si nous devions nous réapprovisionner en émotions pour nous tenir en haleine jusqu'à l'année suivante.

Le soir, nous nous revoyons au restaurant avec les parents. Lenny fait comme si je n'existais pas. Pas un sourire, pas un regard. Rien. C'est comme ça qu'il fonctionne : il recule lorsque j'avance vers lui et vice versa. C'est sa façon à lui de se préserver. Et c'est ainsi qu'il agira avec moi pendant des années.

Mais j'attends de lui autre chose. Je ne comprends pas. Je suis perdue, vexée. Je me demande si j'ai mal agi. En colère, je me réfugie dans les bras de mon père qui, lui, ne me rejettera jamais. Durant le repas, je ne le quitte pas des yeux. Je le fixe. Le dévisage. Je le déteste.

À la fin du dîner, son oncle attrape une guitare et joue son répertoire habituel. Celui qu'on connaît par cœur et qui chaque année nous replonge dans nos souvenirs d'été. Je me fais la réflexion qu'ils sont tous beaux dans cette famille. Il se met à chanter *Mon émouvant amour* avec cet accent pied-noir inimitable que seul lui sait rendre charmant. Cette chanson d'Aznavour qui raconte toute mon enfance. Il me suggère de l'accompagner, et je m'exécute volontiers parce que j'ai l'habitude de le faire. Je chante juste et bien. Nous superposons nos deux voix. Je ressens déjà un avant-goût du plaisir que j'aurai plus tard au contact du public.

Lenny se lève et quitte la table discrètement. Mon père me félicite et me serre dans ses bras sous les applaudissements de toute l'assemblée. L'oncle de Lenny me fait un clin d'œil pour marquer la réussite de notre duo. C'est le début d'une belle complicité entre lui et moi. Ce soir-là, seul Lenny m'ignore. Il part en boîte de nuit avec ses cousins et cousines parce qu'il a l'âge d'aller draguer des filles. Il part draguer, plus déterminé que jamais. Il part s'amuser sans moi. Je n'existe plus.

En réalité, Lenny est foutu. Il a quinze ans et l'impression d'aimer une enfant. Il est tout à coup déstabilisé par la tournure que prend notre histoire. Comme si quelque chose devenait concret. Comme s'il ne l'avait pas prévu. Il n'aime pas que d'autres me regardent. Il n'aime pas qu'on puisse entrevoir chez moi ce que lui a décelé depuis toujours. Il veut être le seul. Le tout premier. Il veut avoir l'exclusivité.

Cette nuit-là, le ciel est clair et l'on peut apercevoir chaque constellation, des dizaines d'étoiles filantes aussi. Sur notre terrasse, papa et moi passons des heures à regarder ce chef-d'œuvre de la nature et à espérer la venue d'un ovni. Nous discutons de tout et de rien.

— À quel âge tu as rencontré maman ?

— À vingt ans, pourquoi ?

— Comme ça...

Cette nuit-là, je me dis que Lenny sera peut-être le père de mes enfants. Que plus tard, lorsque nos propres enfants me le demanderont, je répondrai que je l'ai rencontré à huit ans. Huit ans, c'est tôt mais c'est un bel âge pour rencontrer l'homme de sa vie...

Et puis les choses continuent de s'installer. Lenny revient toujours vers moi parce qu'il est incapable de faire autrement. Je deviens officiellement, mais très secrètement, la personne qu'il préfère. C'est ce qu'il me dit. De jour en jour, notre lien se resserre. Sauf que nous n'en avons pas conscience. Peut-être d'ailleurs Lenny savait-il pertinemment ce qui se tramait. Il avait l'âge de comprendre. Avec le recul, je peux dire qu'il savait mais qu'il ne pouvait plus revenir en arrière. Il avait beau se raisonner, il n'y arrivait pas. C'était si bon de se jeter à corps perdu dans cette histoire. De se sentir différents, incompris et à la fois privilégiés. D'être submergés par ces sentiments nouveaux. Ces émotions interdites. Chaque moment passé ensemble était délicieux. C'était donc ça l'amour.

La fin des vacances approche et pour la toute première fois, je n'ai pas envie de rentrer à la maison. Papa est content de retrouver son train-train parisien tandis que j'appréhende la rentrée et la solitude de nos soirées d'hiver. Cela ne me ressemble pas et papa se doute de quelque chose. Il a vu. Il a tout compris avant même que j'aie pu mettre un mot dessus. C'est un homme et il a observé ce qui se passe dans les yeux de celui qu'il a vu grandir.

Un soir, quelques jours avant notre départ, je surprends une conversation entre eux. À travers les volets de ma fenêtre entrouverte, j'entends mon père reprendre Lenny.

— Je trouve ça super que vous vous rapprochiez, avec Lola.

— C'est comme ma petite sœur.

— Elle a huit ans, n'oublie pas, ok ? Je ne veux pas qu'elle se fasse des idées.

— Fais-moi confiance. Lola est un bébé. Je l'aime comme une sœur, c'est tout.

Je suis pétrifiée, cachée derrière la porte. J'essaie de contenir mes sanglots, de ne pas crier. Papa voyait le mal partout et son but était de lui faire peur pour l'éloigner de moi. Je suis tétanisée, les mots ne sortent pas et c'est comme une flèche plantée en plein cœur. Un sentiment de trahison et d'injustice qui me tord le ventre. La sensation d'échapper à la confiance de mon père me foudroie. Et les mots de Lenny me blessent. « Un bébé »...

Lenny claque la porte de chez nous et s'enfuit dans la nuit.

Même si, pendant des années, il s'était défendu de regarder une fille de sept ans de moins que lui, il n'avait jamais été clair avec moi comme il l'avait été à cet instant avec mon père. Était-ce moi qui surinterprétais ses gestes ou Lenny qui jouait double jeu parce qu'il n'assumait pas ses sentiments ? Derrière son rôle de grand frère, la relation que nous entretenions était bien plus complexe et ambiguë. Suffisamment pour que, chaque année, j'attende impatiemment le moment de le retrouver à Ibiza. Suffisamment pour qu'il crée le doute chez moi et que j'en tombe amoureuse. Suffisamment pour que je sente, en grandissant, qu'il me devenait indispensable.

Été 1982

Une nouvelle année scolaire s'écoule. Une longue et ennuyeuse année. Sans vacances, sans mer, sans île et sans Lenny.

Avec papa, c'est reparti comme en 40. Nos petites soirées en tête à tête, nos discussions interminables sur la vie et la mort, sur la vie après la mort... Nos sorties au cinéma, nos balades main dans la main sur les bords de Seine...

Avec le recul et loin de Lenny, j'ai parfois du mal à comprendre cette relation et ce qui nous lie si fortement. C'est presque irrationnel. Loin de moi et lorsque je ne le vois pas, Lenny sort totalement de ma vie et de mon esprit. Je n'y pense pas ou presque. Je suis encore trop jeune. Je n'ai pas l'âge d'être dans ce type de relation. C'est l'arrivée de l'été qui me renvoie invariablement à nous deux. Dès que le soleil pointe son nez, je commence à me languir d'Ibiza, de ses grandes falaises. Et de lui.

Cette année scolaire-là, j'ai un « amoureux » : Tanguy. Tanguy ne fait jamais attention à moi mais, lorsque je surprends son regard dans ma direction, j'ai des frissons. Je comprends qu'à cet âge, peu d'enfants pensent déjà à l'amour et qu'il doit faire partie de ceux que ça n'a même pas encore effleurés.

Tanguy a les yeux très bleus et la peau mate. Il ressemble à l'acteur qui joue dans *La Boum*, celui du dernier plan à la toute fin. À neuf ans, c'est mon unique référence avec Tom Cruise. J'ai accroché un poster de *Top Gun* dans ma chambre pour avoir la sensation que Lenny est un peu avec moi. Papa pense que c'est parce que j'aime le film.

Nous nous apprêtons, comme tous les ans, à repartir à Ibiza. Je ne tiens pas en place. J'ai grandi et cette année sera différente des autres parce que je vis les choses autrement, comme une grande. Je m'en persuade chaque année un peu plus.

Un soir, quelques jours avant notre départ, papa vient s'asseoir près de moi.

— Je veux qu'on parle des vacances. Je veux te parler de Lenny.

— Je n'ai pas envie de parler de ça. Je ne fais rien de mal !

— Il n'a pas le même âge que toi et je sais que tu l'aimes beaucoup.

Été 1982

Je pleure. J'ai l'impression d'être seule. Seule dans ma tête et mes émotions. Que personne ne me comprend. Lenny me manque. Je voudrais savoir ce qu'il pense vraiment. Qu'il me rassure. Peut-être que papa a raison et que je me raconte des histoires. Lui parler. Le sentir. Le revoir. Être seule avec lui. Pouvoir le toucher. Toucher rien que ses mains. Je m'endors et rêve de lui. C'est exquis.

Au réveil, je me demande pourquoi les adultes cherchent à tout prix à casser les rêves des enfants. Est-ce parce que eux-mêmes ne rêvent plus qu'ils veulent à tout prix nous interdire de le faire ?

Je cours me blottir dans les bras de papa. Je suis encore sa petite fille chérie. Il ne parle pas. Me serre contre lui et prononce dans un soupir :

— Je ne veux pas que tu sois triste...

En réalité, il voulait passer des vacances sereines. Il attendait de moi que je l'apaise. Mais je n'avais que neuf ans, et il était trop tôt pour me demander de comprendre ses doutes et ses angoisses de père. À mon âge tout était beau. Tout était pur. Et ce qui était vrai pour un homme de cinquante ans ne l'était pas pour une gamine de neuf.

En grandissant, j'ai aussi fini par comprendre qu'il n'avait en fait aucune intention de me partager. Il n'y avait pas que l'âge qui le dérangeait. C'était un tout. Quelque part, Lenny incarnait une figure paternelle qui lui faisait de l'ombre. C'était intolérable pour lui de me sentir glisser doucement vers un autre que lui. Qui plus est un objet d'amour.

Après deux jours de voyage interminables, nous arrivons à Ibiza. Il fait plus froid que d'habitude. Nous sortons les pulls. La maison que nous avons louée cette année est plus grande. De la terrasse qui domine toute la crique, nous pouvons apercevoir les bateaux au corps-mort. Nous repérons le nôtre. La mer est calme, comme après une longue nuit de sommeil. Le soleil peine à se lever. J'observe le spectacle. Ce moment, je prends le temps de le savourer parce que toute l'année, je n'ai attendu que ça. Je contemple les couleurs, la lumière, les reliefs, les ombres. Tout ici me parle de Lenny. Il arrive demain. Je sais que j'ai encore grandi. J'ai neuf ans, presque dix. J'ai hâte qu'il me voie. Je me dis que chaque année de plus est une année de gagnée pour nous rapprocher l'un de l'autre. J'omets l'idée que lui aussi grandit dans le même temps et qu'il s'éloigne de moi gentiment.

Nous passons la journée à nous installer. J'aide papa. Je range ses affaires dans les placards, ses tee-shirts, ses shorts, ses maillots de bain. Je range tout, comme si j'étais ma propre mère. J'ordonne, je prends en main la logistique. Depuis que je suis très jeune, papa compte sur moi et me confie ce genre de responsabilités. Je fais en sorte d'endosser ce rôle pour le soulager. Je me demande si un jour, il trouvera une femme qui fera tout ça à ma place.

Il déplace les meubles, nettoie, réorganise toute la maison. Je le regarde faire et j'adore son souci du détail, son goût incertain pour la décoration. L'énergie qu'il met à se sentir chez lui dans cet endroit qu'il compte bien s'approprier. C'est attendrissant.

J'attrape un maillot de bain et l'enfile à la hâte. Je descends direction la plage en prenant soin d'oublier mes chaussures. C'est aussi ça les vacances. Le sol me brûle la plante des pieds. L'habitude de les avoir enfermés dans des chaussures toute l'année les rend plus sensibles les premiers jours. Je me fais la réflexion qu'eux aussi ils ont grandi.

Je croise de vieilles connaissances. Je connais tout le monde ici. Des « *¡Que guapa!*[1] » habituels, des « *¿Cómo estás?*[2] » de politesse.

J'arrive à la plage. Nous ne sommes qu'en juillet et la mer est un lac que les gens n'ont pas encore souillé. J'y trempe mes pieds. C'est froid. Je me lance. Le premier bain, c'est toujours le meilleur. Je nage le plus loin possible. Je veux sentir le vide sous moi. Je veux imaginer qu'il n'y a pas de fond. Que là-dessous, c'est l'infini. J'aime la sensation d'épuisement à force de pédaler pour ne pas couler. Je vais loin, beaucoup plus loin que d'habitude. J'ai presque dix ans et j'ai toujours aimé nager. L'eau, c'est mon élément.

Ce début de vacances s'annonce parfaitement prometteur.

---

1. « Trop mignonne! »
2. « Comment ça va? »

Un ami espagnol, Arturo, m'appelle de la plage.

— Lola ?

À force d'aller en Espagne chaque été, je commence à apprivoiser la langue. Je me débrouille pas mal. En tout cas, je réussis le pari d'échanger avec les locaux de mon âge.

Je rejoins le rivage et nous nous vautrons côte à côte dans la chaleur du sable. Arturo me raconte son année passée sur l'île. Me dit que c'est ennuyeux d'y vivre. Qu'il n'y a rien à faire et que les seuls moments où il s'y passe des choses, c'est pendant les vacances. Ses parents vont divorcer. Il ne sait pas s'il restera à Ibiza avec son père ou rejoindra sa mère sur le continent. Je lui demande s'il devra choisir. Il répond qu'il ne préfère pas.

Je lui dis que je n'ai jamais eu le choix. Que peut-être c'est mieux comme ça.

Arturo veut savoir quand tous les autres Français arrivent. Je saute sur l'occasion pour lui annoncer que Lenny sera là dès demain matin. Le simple fait de prononcer son prénom me plonge dans l'excitation du moment à venir. Il me dévisage, un sourire en coin. Il sait. Je me justifie en lui certifiant que Lenny est comme un frère. Que je ne l'ai pas vu depuis un an. Je lui demande s'il me trouve changée. Il sourit de nouveau et me répond que je suis plus jolie encore, que mes cheveux ont poussé, mes jambes aussi… Arturo est sympa. Il est blond et a de grands yeux bleus. Sa sœur, Ita, est ma très bonne amie. Ils habitent ici à l'année parce que leur père est propriétaire d'un club de vacances sur les hauteurs de

Cala Vadella : le Club Aquarium. Arturo a toujours été de bonne compagnie. Mais en vérité, je m'en fiche un peu.

Il me raccompagne à la maison et salue mon père très gentiment. Papa a l'air content de me voir traîner avec lui.

— Il est sympa, Arturo…

— Oui.

— Quel âge il a, déjà ?

— Onze ans.

— Ben voilà, un copain de ton âge !

Je me mure dans le silence et m'enferme dans ma chambre. Le voyage m'a épuisée et je veux être en forme pour demain. Ses réflexions m'oppressent. Ça tourne à l'obsession. Ça gâche mon plaisir.

C'est aujourd'hui qu'ils arrivent tous. Mon cœur bat comme si j'avais couru un marathon. Je ne tiens pas en place. J'insiste pour me rendre utile auprès de papa parce que je suis incapable de m'asseoir et d'attendre. Je l'aide à démêler ses fils de pêche, à ranger son matériel de plongée, à nettoyer les skis nautiques.

Papa ne m'a jamais vue ainsi. Il me dit que maman serait fière de moi. Il se félicite d'avoir une fille si serviable. Mais tout ça cache l'excitation de voir arriver Lenny. Après ces tâches bien accomplies, je remonte à la villa pour y faire un peu de ménage. J'essuie la poussière. Je balaie le sable qui a déjà envahi toutes les pièces y compris les chambres. Je range quelques affaires. Le temps passe et il est déjà 17 heures.

En pleine action, je crois entendre sa voix au loin... Je l'entends discuter avec papa sur la terrasse. Mon cœur s'emballe. J'ai peur de sortir de la maison et qu'il me voie. Je me cache. Je plie. Je trie. Je range encore. Je m'active dans tous les sens pour qu'il n'y ait pas le moindre espace pour sortir les rejoindre.

— Alors ce voyage, c'était comment ?

— Long, comme d'habitude, mais je suis content d'être arrivé.

— Lola est à l'intérieur. Va la voir, elle ne tient pas en place depuis ce matin.

Je lâche mon balai dans un élan, je détache mes cheveux, secoue ma tête pour les remettre en place. Les yeux de Lenny posés sur moi. Les yeux de Lenny et ses petites rides au coin qui me sourient. Son regard de haut en bas. Celui de papa sur nous. Papa sonde, observe, sent, essaie de comprendre et me met mal à l'aise. Papa n'a pas confiance. J'essaie de détendre l'atmosphère.

— T'as encore grandi, me dit Lenny.

Je rougis. Je souris. Le regard de papa sur nous. Comme si notre attitude était indécente. Je voudrais que Lenny parte. Que ce malaise se dissipe. Lenny le sent aussi et réagit plus vite que moi. Il me propose une balade. Papa me dévisage, espérant un refus de ma part. J'accepte sa proposition et le suis, obéissante envers Lenny, désobéissante envers mon père. Je dépasse papa. Son regard dans mon dos. La sensation de faire une mauvaise chose. Nous descendons vers la plage tous les deux, sans même nous dire un mot. Nous nous installons sur un transat. Enfin seuls. Une année plus tard.

— Tu m'as manqué...

— Toi aussi.

Il me prend la main et me caresse longuement le bras. Je savoure et pose la tête sur son épaule. Lenny n'est pas en accord avec ce dernier geste. Il se lève brutalement et me propose d'aller nous baigner. Je n'en ai pas envie. Ce que je veux, c'est me blottir dans tes bras.

Il est déjà dans l'eau. Nage très loin. Lenny a toujours été un excellent nageur. Je reste là un bon moment à l'observer. À espérer qu'il en sorte.

Et je décide de partir.

Le mois d'août 1982 se passe ainsi. Des allées et venues de Lenny vers moi. Les balades en bateau, les regards, la sensation d'être aimée follement puis plus du tout. La sensation d'être envahie par une foule de sentiments dont je ne comprends ni les tenants ni les aboutissants. Parce que je suis une enfant. Et que j'apprends. Et que lui n'a pas le droit.

Avec le recul, je me demande ce qui pouvait bien se tramer dans sa tête pour aimer une gamine si jeune. Sans jamais rien chercher d'autre que sa compagnie. Sans jamais rien attendre d'autre que lui tenir la main. Que pouvait-il avoir de si différent des autres adolescents pour s'arrêter sur une petite fille de dix ans et l'aimer d'un amour si pur qu'il n'en attendait rien ?

Je fais de plus en plus de cauchemars. Je vois ma mère, morte. Je la vois très distinctement. Belle, blanche comme neige. Les mains posées sur son ventre. Je l'observe et ne bouge pas. Je la dévisage un long moment et je pleure de la voir ainsi, sans rien pouvoir faire pour la réveiller. Je lui ouvre les yeux. Son regard est froid, perçant. Chaque nuit, je me réveille en sueur, le corps paralysé. La maison dans laquelle nous sommes me fait peur. Je me dirige vers la chambre de papa, dans l'obscurité, et me glisse dans ses draps, contre lui. Ce n'est qu'à son contact que l'angoisse disparait. Je prends la place de maman et tout semble aller mieux...

Au petit matin, il est contrarié de me voir à nouveau dans son lit. Je lui explique que je rêve de maman et que cette maison m'angoisse.

C'est comme si elle m'appelait chaque nuit pour me délivrer un message. Papa pense que je grandis et que je prends petit à petit conscience de sa disparition. Que c'est normal et qu'en rentrant à Paris, j'irai voir un psy. Un médecin pour guérir les mauvaises pensées.

Parfois, elle me manque. Je ne la connais pas, mais elle me manque. C'est quoi, avoir une mère ? Comment ressentir le manque d'une mère quand on n'en a jamais eu ? Est-ce vraiment ce manque maternel qui me submerge ou simplement le vide d'amour ?

Papa a des copines mais n'a jamais voulu me les présenter comme des femmes officielles. Moi, je sais.

Été 1982

Je comprends que le soir, elles le rejoignent dans son lit aussitôt qu'il me sait endormie.

Une fois, je me suis réveillée en pleine nuit et j'ai surpris Linda, une de ses amies. Elle était nue, sur la table de la cuisine. Papa était entre ses jambes, il l'embrassait dans le cou. Linda voulait prendre la place de maman. Peut-être aussi la mienne. Mais ça, ça n'arrivera jamais.

Été 1986

J'ai treize ans. Je mets des jeans taille haute qui soulignent la silhouette et allongent les jambes. Mes cheveux tombent en cascade sur mes épaules. J'ai treize ans et, paraît-il, je suis dans l'âge ingrat. Je fais moins de cauchemars. Chaque semaine, je vois le psy : Eddie. Je lui raconte ma vie d'ado. Je vide mon sac. Je me déverse. Ça fait du bien. Il est payé pour ça. Ma colère trouve refuge dans cette petite pièce du 18e arrondissement. Je me sens mieux pendant quelques jours puis elle revient me surprendre quand je ne m'y attends plus. J'y succombe à chaque fois. Je déteste les gens, je n'aime pas ma vie, je hais mon père quand il m'empêche de faire ce que je veux et qu'il fait son « chef ». Je voudrais partir vivre en Chine. Je m'assois sur le parking du collège et je rêve que je quitte tout pour la Chine. Un autre pays, une autre culture, d'autres fréquentations. Peut-être que ces gens-là, je les aimerais mieux. Puisque je n'aime personne, à quoi bon rester ici ? Je suis déjà entière. Excessive. Passionnée. Radicale. Sans pitié. Je suis en plein cœur de l'adolescence. Les hormones, les hauts, les bas, les colères, le mépris, l'inconstance, l'ignorance et l'assurance de savoir tout mieux que tout le monde.

Je vis au rythme des lettres de Lenny. J'ai aussi un « amoureux » légèrement plus âgé que moi. Il s'appelle Sébastien. Il est en troisième. Il est beau. Ou plutôt non, il est moche, mais il dégage une certaine assurance qui met la quasi-totalité des filles du collège d'accord. C'est ça que j'aime chez lui. Il ne doute pas. Il en impose. Elles veulent sortir avec lui, mais c'est moi et moi seule qu'il veut. C'est ce qu'il me dit. J'aime déjà l'idée qu'elles soient toutes derrière lui et qu'il m'ait choisie parmi toutes les autres. Très tôt, j'aime les hommes courtisés. Très tôt, ceux qui ne le sont pas ne me plaisent pas. Je ne les regarde pas. Ne les vois pas. Ils n'existent pas.

Ça se passe pendant la pause de midi. Il me prend la main et me demande de le suivre. On se cache derrière un talus, il me serre dans ses bras et me met sa langue dans la bouche avec une sensation gênante de technique bien trop appliquée. Je me laisse faire. Je tente la chose. Je goûte, je sens, je déguste et le plaisir vient après. Parce que deux langues l'une contre l'autre, c'est doux et ça glisse tout seul quand on oublie ce qu'on fait. Ça se savoure. Ça ne demande rien d'autre qu'à se laisser aller et à ressentir. Ce baiser dure des heures. Ses mains cherchent un peu partout maladroitement et ça me fait chaud à l'intérieur. Ensuite, et durant toute l'année scolaire, on se tient la main. On est un vrai couple. Enfin, je découvre ce que je n'ai jamais vraiment pu vivre avec Lenny. Ça me rend fière d'avoir un copain. Un vrai. Un officiel. Les crises de jalousie de Sébastien, les miennes, nos engueulades sans fin, les boums, nos envies de nous voir constamment et puis plus jamais. Les séparations, les crises de larmes, ma solitude, son égoïsme. Sébastien aime les filles et il est jeune. Il les veut toutes mais il n'aime que moi. Je ne sais pas que c'est son âge qui le rend comme ça. Je trouve ça injuste de subir ça. Il me brise le cœur. Si Lenny était là, il le tuerait. Mais il n'est pas là. Il n'est jamais là que dans ses lettres. Il est présent à Ibiza mais pas à Paris. Ni dans ma réalité ni dans mon quotidien. Lenny n'est là que dans cette bulle de rêve que je me crée chaque été.

Papa aime les femmes. Je le découvre seulement maintenant. À treize ans, je constate qu'il peut cruellement se passer de ma mère. Ses amies quittent le domicile avant mon réveil. Doucement, elles se rhabillent et s'arrangent pour ne jamais me croiser. Mais j'ai l'âge de comprendre, d'entendre les cris, de surprendre les rires, de remarquer les traces de rouge à lèvres sur les verres, de reconnaître les odeurs. Et surtout de me réveiller quand j'entends le bruit d'une porte qui claque à 6 heures du matin.

Je respecte la discrétion de mon père, qui indirectement me suggère de ne jamais aborder le sujet de sa sexualité.

Cette année, j'apprends que Lenny va peut-être venir à Ibiza avec sa copine : Pauline. Papa me l'annonce froidement avec sans doute une légère cruauté dissimulée. J'en ai mal au ventre. Moi aussi, je veux proposer à Sébastien de venir... En fait non. Sébastien et moi, ça sent la fin. Il drague Élodie, une blonde peroxydée permanentée, dents en avant : moche, ordinaire.

Six semaines sans voir « Eddie le psy ». Je n'ai nulle part où me défouler. Je les déteste tous.

Des années plus tard, Sébastien se marie et fait des enfants avec Élodie. Elle n'a pas encore fait redresser ses dents et arbore toujours cette coupe de cheveux minable qui lui tombe en cascade sur les épaules. Fin du chapitre Sébastien. *Next.*

Nous partons demain matin. Le voyage en voiture sera long. Plus je grandis, plus ce face-à-face avec mon père me paraît interminable. Je m'installerai sur le siège passager et brancherai mes écouteurs. Je monterai le son pour couvrir France Info en continu et ce jingle insupportable qui tourne en boucle. J'enlèverai nonchalamment mes baskets et poserai mes pieds sur le tableau de bord, de sorte que mon attitude soit en adéquation totale avec mon état d'esprit du moment. De sorte que mon père intègre cette douloureuse information : je n'ai plus l'âge de faire ce trajet en tête à tête avec toi. De sorte qu'il constate que j'ai besoin d'air et qu'on coupe ce lien qui, avec les années, finit par m'oppresser. Tout couper. Distance. L'année prochaine, je partirai en avion. Une relation entre une fille de mon âge et son père ne doit pas être exclusive sous peine d'être dérangeante, hors de propos. L'attitude désinvolte que j'adopte est un rempart face à cette exclusivité.

Je prépare ma valise et y mets mes plus belles tenues d'été. Pas trop chaudes ni trop couvrantes. Jamais plus de couleurs pastel : bannir le rose et le violet. Préférer le noir et le jean. Les shorts plutôt que les robes. Les baskets plutôt que les ballerines. Vouloir à tout prix paraître plus vieille. Vouloir ressembler aux filles des magazines.

La valise de mes treize ans ne ressemble pas aux précédentes.

La boîte de préservatifs achetée par papa trouve sa place dans une poche bien planquée. Je glisse aussi quelques romans, ma trousse de maquillage. Mon père, de son côté, s'énerve parce que sa chemise lui résiste et qu'il n'arrive pas à la plier correctement. Il n'ose plus me demander de le lui faire. Je suis chargée aux hormones, et papa est honnêtement la première personne sur laquelle j'ai envie de me défouler. Parce que je l'aime, je le déteste, je l'idolâtre, je ne le supporte plus et tout se mélange. Il est toujours là et c'est indubitablement le premier à prendre. C'est une perpétuelle quête du sentiment le plus fou et le plus excessif entre nous. Un face-à-face interminable, un binôme de tous les instants, une fusion inappropriée. Comment cela pouvait-il fonctionner alors que nous n'étions pas un couple ?

Je finis pourtant par lui venir en aide et termine consciencieusement le pliage de ses affaires. Je les range avec soin dans son sac de voyage sans dire un mot.

Mon père, assis sur le lit, m'observe, attendri par mon geste et la bienveillance que je mets à l'exécuter.

— Personne ne pourra te remplacer, tu sais ?

— Tu veux dire en tant que fille, ou en tant que femme vivant à tes côtés ?

— Les deux !

— Beurk...

Je ferme son sac et me dis qu'il faudra bien que lui aussi ferme ce chapitre un jour. Pour la première fois, fuir cette maison me semble être la seule issue.

Je quitte la pièce et pars m'enfermer dans ma chambre, la boule au ventre, ne sachant pas vraiment pourquoi je réagis aussi violemment. C'est injuste pour mon père. Culpabilité.

La sensation d'être prisonnière à vie m'étrangle. Je pleure et je déverse tout mon chagrin, celui qui reste là, bloqué depuis des années. Celui qui ne demande qu'à sortir lorsque ma mère me manque, lorsque papa se fâche, lorsque Lenny fait comme si je n'existais pas. Je crois que cet état dure des heures.

Je finis par sortir de ma chambre avec l'irrésistible envie de me réfugier dans ses bras. Il est là, posté sur le canapé, ses lunettes de vue sur le nez à lire le dernier roman de Stephen King.

— Ça passera. Comme tout, me dit-il en me passant la main dans les cheveux.

Je ne sais pas pourquoi je suis comme ça. Je ne comprends pas pourquoi ça bouillonne si fort. Papa essaie de me faire parler mais rien ne sort. C'est une colère sourde qui me ronge de l'intérieur.

Je vais me coucher, exténuée. Je regagne ma chambre d'enfant. Les poupées et les nounours de ma jeunesse me dévisagent. Je les recouvre d'un drap blanc. Et je m'endors…

Au petit matin, je constate que le soleil peine à éclairer l'appartement. Il ne fait ni nuit ni jour. Un entre-deux démoralisant. *C'est glauque*. Entre mes treize et mes dix-huit ans, cette expression devient récurrente chez moi. Je crois même qu'elle est celle que j'affectionne le plus. Je me dirige vers la cuisine en traînant les pieds. C'est comme ça, le matin, je traîne toujours les pieds. Papa est là, le nez plongé dans son journal, son café à la main. Son regard n'a pas voulu croiser le mien. On ne se parle pas. Je me souviens de ces années où nous riions le matin et où la bonne humeur se propageait dans l'appartement. Ce n'est plus jamais comme ça parce qu'à treize ans, je n'arrive plus à voir les choses en couleur.

Pendant cette période, j'ai la sensation de perdre un être cher. C'est comme un deuil. Le sentiment de devoir passer à autre chose. Cet été 1986 marque un tournant dans la relation que j'ai à mon père. Je perds la magnifique connexion qui nous liait depuis toujours. Je grandis. Je coupe enfin le cordon.

Nous ne nous sommes plus jamais retrouvés comme avant. Et au moment même où je me libère de mon père, je me mets à regarder les hommes différemment. Je me tourne vers le reste du monde. Je flirte avec le sentiment de liberté. Je me jette dans les bras de n'importe quel mec pour combler le vide. Celui de mon père. Celui de Lenny. Peu à peu, l'amour devient ma quête ultime. Je le cherche à tout prix. Partout. Dans les yeux de tous les hommes que je croise sur ma route.

Le trajet jusqu'à Ibiza est un véritable calvaire, comme prévu. Il fait chaud et lourd. La climatisation de la voiture tombe en panne. Papa ne m'adresse pas la parole du voyage, excepté pour me demander d'aller payer l'essence ou ce que je veux manger au déjeuner. Je laisse délibérément cette ambiance pesante s'installer. Et mon père ne fait rien pour revenir vers moi ou essayer de comprendre pourquoi on en est arrivés là. Il décide de prendre la situation avec détachement. De ne pas y prêter attention. Je lui suis tout à coup indifférente. Il sait que c'est peine perdue.

Ça dure deux bonnes semaines. Tout le monde se demande ce qui est arrivé à notre si joli duo. Ce que nous vivons est cruel mais nécessaire. Je deviens une femme en même temps que notre relation s'étiole.

Été 1986

Les amis de papa ne peuvent s'empêcher de relever mes attributs physiques, comme si chaque été il fallait prendre note de mon évolution hormonale. Je suis gênée parce qu'à cet âge-là, on n'a précisément pas envie d'être remarqué. Le père de Lenny balance maladroitement devant tout le monde :

— Les seins de Lola ! Waouh !

Je m'imagine faire pareil avec leurs rides et bourrelets.

La relation à Lenny évolue encore. Je le vois différemment, avec ses défauts, ses faiblesses et même ses failles. Nous apprenons à mieux nous connaître. À mieux nous aimer aussi. Sans doute avec plus de lucidité. Plus de maturité. Nous approfondissons notre lien. Il me montre des filles qu'il trouve jolies, me demande mon avis. Je le lui donne, soumise et fière à la fois d'être dans la confidence. Il n'oublie jamais de prononcer la douce phrase qui fait son effet. Celle qui fait passer la pilule : « De toute façon tu es bien plus belle qu'elles. » Nous partageons tout et c'est un honneur pour moi. Nous sommes meilleurs amis, frère et sœur, attirés l'un par l'autre inexorablement. Encore incapables d'y aller, conditionnés par la morale et notre différence d'âge. Nous avons pris la triste habitude de nous cacher. Nos sentiments oscillent sans cesse entre peur, culpabilité, désir, bonheur extrême, frustration, manque, fascination. L'après-midi, lorsque les bateaux sont amarrés dans une crique, nous nageons jusqu'au rivage pour échapper aux regards indiscrets et nous isoler des parents. Une fois seuls, nous nous serrons l'un contre l'autre. Nous parlons des heures. Nous avons toujours quelque chose à nous dire. Lenny me regarde comme si j'étais une déesse et m'embrasse : les joues, les mains, le cou mais jamais sur la bouche. Cet endroit-là est proscrit. Nous ne sommes pas comme n'importe quel couple. Nous avons une relation unique qui ne ressemble à aucune autre, alors nous ne faisons pas comme tout le monde. C'est si délicat, si tendre. Allongés sur les rochers, nous nous endormons, blottis l'un contre l'autre, les corps bouillants par le soleil qui tape et l'amour qui nous traverse. La nuit, je me surprends à en rêver.

Cet été 1986, les parents nous surveillent comme si nous allions commettre l'acte tant redouté. Je sens qu'à nous voir ensemble, il y a quelque chose d'inquiétant et d'infiniment « douloureux » pour eux. Ils perdent le contrôle, la situation leur échappe. Lenny et moi, on est interdits. La relation que nous entretenons n'a pas lieu d'exister parce que nous avons sept ans d'écart. Mais l'interdit excite. Il nous pousse à commettre l'irréparable.

En pleine nuit, je fais le mur pour aller le rejoindre sur la plage. Nous contemplons le ciel pendant des heures. Je me niche dans ses bras et nous comptons le nombre d'étoiles filantes qui pénètrent la Voie lactée. À chaque étoile qui passe, un vœu. Celui de nous marier, de ne jamais nous quitter, de finir nos jours ici. Celui de se voir à Paris, de nous écrire plus régulièrement. Ses mains caressent mes bras pendant des heures. Allées et venues incessantes. Des frissons parcourent le corps tout entier. Les peaux s'effleurent. Il me dit sa vie, son rapport aux autres, sa vision du monde. Je l'écoute, je ne perds jamais le fil. Mes yeux se ferment. Je m'assoupis et sa main continue de me caresser lentement le bras. Il ne faillit jamais. Comme s'il attendait que je plonge dans un profond sommeil pour que jamais je ne regagne ma chambre de jeune fille. Au petit matin, je me sens vivante, éveillée, alerte. C'est bon cette sensation d'étourdissement, ce sentiment d'amour qui prend toute la place. Je rentre et me mets au lit. Je n'ai plus envie de dormir. Je n'y arrive plus sans lui. Je compte les heures pour le retrouver. Encore.

Pauline, la nana de Lenny, débarque sur l'île dans deux jours. La croiser me donne la nausée. En toute innocence, je tente d'aborder le sujet avec lui. Mais il m'arrête tout de suite en prononçant ces mots qui ne laissent aucune place à l'échange :

— Tu vas devoir t'y faire.

Sa main dans la mienne, ses baisers, nos discussions sans fin, tout le reste, et puis cette phrase qui recadre.

Du jour au lendemain, Lenny change d'attitude et s'éloigne. Première claque. Première blessure. Premières larmes.

Je rencontre Pauline, je lui dis bonjour. Je la trouve moche. Les cheveux courts, brune, une belle paire de nichons mais rien de plus. Plus commune, tu meurs.

Et surtout, je découvre que Lenny a quelqu'un dans sa vie. Une vraie relation qu'il dévoile au reste du monde. Une de celles dont on est fier. Avec une fille à qui il donne tout. Et à qui il a le droit de donner. Je le découvre impliqué dans une histoire d'amour. Il en est capable. Assister à ce spectacle me blesse au plus profond. Je suis jalouse, meurtrie, déchirée de le partager. Je le trouve tout à coup égoïste. Je réalise qu'il est lâche et se cache derrière cette liaison officielle avec Pauline pour faire comme tout le monde. Ça ne lui demande aucun effort, aucune souffrance, aucun compromis. Il s'en contente. Tout est décevant chez lui. J'aurais voulu qu'il se batte pour nous. Mais peut-être que je n'en vaux pas la peine. Peut-être que je ne suis qu'une gamine de treize ans éperdument amoureuse d'un mec de vingt ans qui ne vit pas la même histoire que moi dans la même dimension que moi. Et quand cette idée me traverse l'esprit et qu'il me lance ses regards en douce, j'ai des envies de meurtre.

— Lenny, est-ce que nous deux je l'ai rêvé ? Est-ce que c'est normal que je ressente un truc affreux dans le ventre quand je te vois avec Pauline ?

— Je sais, ça ne doit pas être facile. Je ne t'ai jamais rien promis, je ne t'ai jamais menti non plus. Ce que je ressens pour toi est réel. Tu es ma petite sœur. Je t'aimerai toujours...

Ce qui me fascine le plus dans leur couple, c'est leur propension à se foutre des tartes du matin au soir en prétextant une complicité à toute épreuve. Quand je les regarde, je voudrais qu'ils se fassent mal. Qu'il y ait un coup qui parte trop vite et que ça tourne au drame. Je les trouve pathétiques, comme s'ils étaient en quête du frisson qu'ils n'auront jamais. Ne cherche pas, Lenny, la seule personne que tu aimes et qui te fait vibrer, c'est moi. Celle qui hante tes pensées a treize ans. Et cette femme de ton âge qui se trémousse dans tous les sens pour que tu daignes la regarder ne parviendra pas à t'émouvoir. Tu attends le petit sursaut mais il ne viendra pas. Tu resteras médiocre. Tu l'auras bien méritée, ta petite vie rangée et tout à fait moyenne de mec trop lâche.

Je passe des heures à les observer, à décrypter les réactions de Lenny. S'il se comporte comme quand il est avec moi, s'il lui tient la main de la même manière, s'ils ont une complicité aussi forte que la nôtre. Toute la journée, je suis dans mon coin et je les observe. Je fais la gueule. Je suis pleine de rancœur. Remplie d'amertume. J'en suis malade. Je passe mes soirées aux toilettes à me vider et à vomir.

Un soir, je me jette dans les bras d'un Allemand. Rob est blond et a un petit air de Leonardo DiCaprio. Lenny me voit faire. Il s'avance vers moi d'un pas assuré, sous le regard de Pauline qui ne comprend rien. Il m'attrape le bras. Me fait mal. Me sermonne comme un père. Sans tact, sans détour, avec une colère digne de l'amant habité par la jalousie.

— Qu'est-ce que tu crois que ce mec veut, à ton avis ?

— Et toi, tu sais ce que je veux, moi ?

— Ne fais pas ça avec lui.

— Et pourquoi ? Tu te gênes, toi ? Tu me demandes mon avis ?

— Je te parle comme un frère...

— Un frère, un amoureux, un ami, un père...

Je fais demi-tour, meurtrie mais gonflée par l'orgueil. Mon Allemand me rattrape en courant. Je pars, sa main dans la mienne, bien accrochée à lui, et ça me remplit de joie. J'ai enfin la sensation de compter pour Lenny. Ma revanche, elle entre en scène à ce moment précis.

Rob a la peau couleur miel. Je passe le reste des vacances dans ses bras, cachée dans le « Kindergarten » (le jardin d'enfants où il n'y a jamais d'enfants). Il embrasse bien et je panse ma blessure en lui roulant des pelles interminables tous les soirs à la même heure au même endroit sur le même banc. Pour la première fois à Ibiza, je trouve le réconfort dans les bras d'un autre. Mais c'est uniquement pour provoquer Lenny. Rob est charmant mais je ne veux pas « le faire » avec lui. Il n'insiste pas. Après six jours de « ça », il tombe amoureux et veut venir me rendre visite à Paris après les vacances. Lorsqu'il m'aperçoit sur la plage, il se fait discret parce qu'il craint les regards de Lenny. Mais il est là, tournoyant autour du groupe de Français, jamais très loin. À m'observer. À espérer un regard, un signe, un clin d'œil. Lenny se méfie de cet homme pris au piège et vérifie dans mes yeux si je le suis aussi. Et comme je suis instinctive et plus maligne que lui, je fais mine d'être un peu émoustillée par ce bel Allemand de mon âge. Je fais croire qu'il compte. Je rends sur-le-champ à Lenny ce qu'il me fait subir depuis des semaines.

Lenny perd patience et ne supporte plus la présence de Rob dans mon entourage.

— Il est collant ton Allemand, non ? T'es amoureuse ?

— Je l'aime bien.

— Plus tard, tu seras une mante religieuse...

Cette phrase restera toujours dans un coin de ma tête.

Quant à mon père, il s'habitue à voir Rob tourner autour de moi. Il ne lui fait pas peur, il a dix-sept ans. Son visage d'ange le rassure. Pas de sex-appeal outrancier. Il prendra soin de moi et n'ira jamais trop loin. En plus, il n'est pas français. Après ces vacances, je ne le reverrai jamais.

Ce jour-là, Lenny se fâche pour de bon avec Pauline. Il en profite pour revenir vers moi. Je suis à sa disposition. Dès qu'il a la possibilité de s'échapper d'elle. Je comble le vide.

Il me dit qu'il m'aime mais que c'est interdit. Qu'il s'en veut de ressentir des choses pareilles. Qu'il se sent mal. Qu'il ne comprend pas comment je peux le rendre aussi fou à l'âge que j'ai. Que Pauline voit tout et qu'elle ne cesse de lui poser des questions sur ce qui se passe entre nous. Qu'elle ne comprend pas notre attachement. Elle trouve ça dégueulasse.

Je lui parle, le raisonne, tente de lui ôter cette culpabilité mais c'est peine perdue.

— Arrête de faire comme tous ces gens qui pensent qu'on fait quelque chose de mal.

— Je passe pour qui, moi ?

— Parce que votre histoire avec Pauline, elle est saine, peut-être ? Vous passez votre temps à vous foutre des tartes !

Cette chose qu'il y a entre nous m'anéantit. Elle me mange toute crue et grignote ce qui me reste d'insouciance. J'y expérimente toute une palette de sentiments. De ceux qu'on ne souhaiterait pas à son pire ennemi. Je n'ai pas l'âge de vivre cet amour mais j'ai l'âge d'en souffrir.

J'observe encore Lenny. Il est beau. Je l'aime. Je voudrais le serrer dans mes bras et je lui en veux. Tout se mélange et mes hormones de jeune adolescente réagissent au quart de tour. Poussée par la colère, j'enlève mon haut de maillot de bain, me dirige à reculons vers la mer, mime un revolver sur la tempe et plonge dans l'eau à la renverse. Je ne remonte pas avant une bonne minute, histoire qu'il ne me quitte pas du regard. En nageant sous l'eau, je me jure de ne plus lui adresser la parole.

Deux heures plus tard, Lenny s'avance vers moi avec des Chupa Chups dans les mains. À l'époque, ces friandises font fureur en Espagne. Sur la plage, on ne croise pas un seul gamin qui n'ait pas un tatouage Chupa Chups sur le corps.

— Quel goût ?

— Comme toi…

Il défait l'emballage de la sucette, la glisse nonchalamment dans sa bouche, récupère le décalco à l'intérieur et l'introduit dans la mienne sans me quitter du regard. Elle est encore chaude et humide de sa salive. D'un coup de langue, il balaie le buvard pour l'humidifier, le colle sur mon bras, le mouille un peu plus avec sa salive, appuie dessus et le retire précautionneusement. Un cœur avec une flèche noire tatoué sur ma peau. Il me sourit et, fier, pose un baiser sur le dessin avant de rejoindre sa nana dans l'eau.

La fin des vacances se termine dans les bras de Pauline pour lui. Dans ceux de Rob pour moi. Les quinze derniers jours, elle ne le lâche pas d'une semelle. Même lorsqu'il part en plongée, elle enfile des palmes et un masque à la va-vite pour surveiller d'en haut ce qui se passe en bas. Je l'observe et la trouve pathétique. Pauline a une trouille bleue qu'il pose son regard sur moi et ça me rend heureuse. Elle est terrorisée à l'idée de le perdre pour une adolescente prépubère. De temps à autre, elle remonte à la surface pour faire un bilan de la plongée à toute l'assemblée et reprendre son souffle. Respire, ma pauvre fille. Tu vas en avoir besoin…

De mon côté, je flirte avec Rob et c'est une sensation agréable. Je vais le quitter dans quelques jours et dans quelques jours, c'est sûr, je l'aurai oublié.

Nous allons rentrer d'Ibiza et j'ai déjà la nostalgie de l'île et de Lenny. C'est fini. À chaque fois, les mêmes questions resurgissent. Comment tenir un an sans le voir ? Et puis petit à petit, le temps fait son effet. Petit à petit, la vie reprend son cours et cet amour de vacances finit par disparaître de mes pensées comme par enchantement. Parce qu'à Paris, c'est une autre vie dans laquelle il n'a pas sa place. Dans laquelle il n'a jamais voulu prendre place. Je m'y suis faite. Je l'ai accepté. Je n'ai jamais eu le choix. Depuis mes huit ans, j'ai grandi avec cette donnée. C'est acquis. Je l'ai intégrée comme une règle immuable. Quand il est près de moi, je ne peux pas m'en passer. Je le ressens dans ma tête, dans mon corps, ma chair. Quand il est loin, je l'oublie aussitôt.

Cette année-là, on a du mal à se dire au revoir. Ce n'est pas comme d'habitude.

La veille au soir, je pleure dans ses bras. Sous notre ciel étoilé habituel, on se fait des promesses qu'on ne tiendra pas. S'écrire, se téléphoner, penser l'un à l'autre toute l'année. Mais je sais qu'il n'y aura pas plus de Lenny à Paris que toutes les autres fois. Parce que la distance qu'on s'impose nous est nécessaire. Parce que sinon, on aurait mal toute l'année.

Classe de 2de C

Je mesure un mètre soixante-trois et je suis hypersensible.

Je ressens tout et parfois, cela me trouble d'aller si loin dans la perception de l'autre. Plusieurs fois, j'ai des visions prémonitoires. Petite, je vois la mort d'une amie de mon père. Je la préviens naïvement en lui suggérant de se méfier des couteaux de cuisine. Je suis bien trop jeune pour comprendre qu'elle s'apprête à s'ouvrir les veines avec. Papa me le raconte des années plus tard et je me souviens de cette image qui m'était apparue un soir dans mon lit.

Encore une année qui s'écoule : le lycée, les flirts et mon père. Papa et moi nous éloignons l'un de l'autre. Nous avons chacun nos vies et il reprend goût à sa liberté. Un soir sur deux, il sort avec ses nouveaux amis et parfois ne rentre pas de la nuit. Il profite, et il a raison. Je trouve ça super qu'il s'offre une nouvelle jeunesse et moi ça me laisse souffler un peu. J'invite des copines à dormir à la maison. Je me fais des plateaux télé dans mon lit. Je fais ce que je veux. Je deviens « responsable » et pour la première fois mon père me fait confiance. Je grandis et lui, dans un nouvel élan de jeunesse, me regarde prendre mon envol. Ça doit être jubilatoire de retrouver sa liberté quand on s'est dévoué si longtemps à l'éducation d'un enfant.

Je réfléchis à cette forme d'abandon et ça me renvoie à ces objets surinvestis pendant des années qu'on laisse de côté du jour au lendemain parce qu'on n'en a plus besoin. C'est cruel, l'enfance.

En vérité, plus les jours avancent et plus je le vis mal. Cette année-là, je passe plus de temps à remplir le vide de mon père qui n'est plus souvent là qu'à penser à mes études.

Au bout de quelques mois, ça finit par tourner à l'obsession. Est-ce qu'il va rentrer ce soir, passer la soirée à la maison, dormir dans sa chambre, venir m'embrasser avant de partir, est-ce qu'il va bien, est-ce qu'il ne lui est rien arrivé ? Ce sont ces questions d'enfant qui m'habitent en permanence. Comme si je régressais peu à peu. Une angoisse d'abandon omniprésente que seule sa présence peut occulter.

J'entre donc dans ce type de rapport inversé. Je comprends que mon père est toute ma vie et que je n'ai que lui. Je m'y raccroche autant que possible. Je ne veux pas me retrouver seule. Je ne veux pas qu'il meure. J'en parle à Eddie. Les séances ne tournent qu'autour de ça. De la place qu'il prend. Celle qu'il laisse sans le vouloir et qui menace de perturber mon équilibre.

J'écris à Lenny. Une longue lettre dans laquelle j'ai besoin de me déverser. Il n'y a que lui qui puisse me comprendre. Quelques semaines plus tard, il me donne rendez-vous à la sortie du lycée. Je n'en reviens pas. Pour la première fois, je vais le voir à Paris. J'ai peur. De ne pas le trouver à mon goût. De ne pas ressentir les mêmes choses qu'à Ibiza. Paris c'est si différent. Il n'y a pas le soleil, les odeurs, les couleurs qui me font penser à lui. Lenny appartient à un autre monde.

Ce jour-là, il m'attend à 17 heures. Mon corps tout entier tremble pendant la dernière heure de cours. Impossible de me concentrer. C'est inimaginable l'effet que cette personne a sur moi. Une foule de sentiments contradictoires m'envahit.

La sonnerie retentit. Je me presse pour ranger mes affaires. La prof de maths veut s'entretenir avec moi. Il n'en est pas question. J'ai un rendez-vous important. Demain, c'est promis.

Je cours jusqu'à la sortie et bouscule la moitié des élèves sur mon passage. Je l'aperçois derrière la grille. Tellement différent de ceux qui m'entourent. Tellement plus vieux. Je m'avance vers lui timidement. Il met quelques secondes à me reconnaître. On n'échange pas un mot. Rien ne sort. Il me prend dans ses bras, simplement. Je reste blottie contre lui. Sans vraiment ressentir quoi que ce soit si ce n'est un profond sentiment de gêne et de pudeur. Autour de moi, les regards des autres élèves braqués sur nous. C'est qui ? C'est son mec ?

On marche. Je suis frigorifiée. Il me raconte des choses sans intérêt mais que j'écoute quand même parce que c'est Lenny. C'est bizarre d'avoir froid en sa compagnie. Ce n'est pas habituel. Lenny est associé à une saison chaude.

Il est distant et nous n'avons pas grand-chose à nous dire.

— C'est la première fois qu'on se voit à Paris.

Sur le trajet, en allant vers la maison, je prends sa main, qu'il retire aussitôt.

— Alors, raconte-moi ce qui se passe avec ton père.

J'essaie tant bien que mal de le lui expliquer mais je ne retrouve pas cette cette facilité à me livrer. Comme si, brusquement, il m'était devenu étranger. Même physiquement, je le trouve différent. Je lui propose de monter à la maison mais il a peur de croiser mon père. Je le rassure. En ce moment, papa ne rentre jamais avant minuit.

Dans l'ascenseur, on est collés l'un contre l'autre. Il me regarde droit dans les yeux. C'est long et pénible. Je détourne la tête et baisse le regard. Tout à coup, à Paris, Lenny se met à m'impressionner.

Il entre dans l'appartement et file dans ma chambre. Il observe les posters au mur, celui de *Top Gun*, les photos, celles de nous deux à Ibiza. Je n'assume pas tout à fait qu'il pénètre aussi précipitamment dans mon intimité. Celle-ci, j'avais toujours pris soin de la préserver. Il décroche une photo de nous.

— Tu me la donnes, celle-là ?

Je dis oui à tout. Il se vautre sur mon lit. Je prépare un thé et lui apporte des gâteaux. Je suis contente de l'avoir un peu pour moi toute seule. Pour une fois, je n'ai pas à me cacher. Je suis dans ma chambre, en terrain conquis, et Lenny a fait l'effort de venir à moi. Je me sens soudain pleine de force et de confiance. Les planètes sont alignées.

On discute longtemps. Je nous retrouve. Ça me fait du bien. Lenny pense que papa a quelqu'un. Que c'est tant mieux pour lui et que je dois accepter qu'il ait aussi une vie. Qu'à mon âge, je peux me débrouiller seule. Qu'il sera toujours là pour moi quoi qu'il arrive. Lenny aussi. Je suis comme sa petite sœur.

Je lui demande des nouvelles de Pauline. Il est toujours avec elle. Des hauts et des bas. De toute façon, je n'ai jamais cru à leur histoire. Je me blottis dans ses bras et nous restons là un long moment sans rien dire. À savourer le bonheur d'être enfin l'un avec l'autre sans horaire, sans personne pour nous surprendre. Ses mains caressent mon avant-bras. Comme autrefois. Mon corps se souvient et réagit instantanément aux stimuli. Je m'assoupis. Lenny aussi.

Le bruit de la clef dans la serrure. Lenny se réveille en sursaut et reste prostré sur le lit à me regarder, espérant que je lui souffle quoi faire. Je suis désemparée. Comme lui, immobile.

— Lola ? T'es là ?

— Oui ! J'arrive !

Je cache Lenny dans mon placard. Il veut partir mais s'il sort de la chambre, mon père le verra forcément. Il est piégé. Je jubile. J'ai tellement rêvé ce moment.

Je vais rassurer mon père et lui fais un câlin, ce qui ne nous ressemble plus depuis bien longtemps. Il prend cela comme un geste d'affection. Je lui laisse entendre que j'ai plein de devoirs et que je dînerai seule dans ma chambre. Ça tombe bien, il doit repartir, il a une soirée. Garder Lenny un peu plus longtemps, le garder le plus longtemps possible.

Lenny reste. Il passe la soirée avec moi. Il ne le dit pas parce que ce n'est pas bien de le dire mais il n'a pas envie de rentrer. On est tellement heureux quand on est tous les deux. On se glisse sous la couette devant un film de Spielberg. Je veux qu'il reste dormir. Je le supplie. Il n'en est pas question. Il pense que s'il est dans un lit avec moi une nuit entière, il ne pourra pas se contrôler.

— Ce n'est pas bien, pas sérieux, il dit.

Je n'aime pas quand il est comme ça. Je lui reproche de n'avoir aucune folie, de ne pas saisir les moments. Je me demande où il trouve cette force de résister. Je réalise que nous ne fonctionnons pas du tout de la même manière. C'est sans doute aussi ce qui lui plaît chez moi. La jeunesse, l'insouciance, la fraîcheur et le détachement des conventions.

On chahute, on rigole. Et puis... Nos deux visages l'un contre l'autre. Allongés sur mon lit. Pour la première fois, Lenny vient poser ses lèvres sur les miennes. Il hésite un instant, mais il le fait quand même. Parce qu'il le faut. Parce que c'est vital. Qu'il ne peut plus attendre. Nous nous embrassons. Comme deux vrais amants. Il y a le baiser qui dure puis l'étreinte qui se prolonge. Jusqu'à ce qu'il me dise au revoir.

Je le raccompagne, sonnée, bouleversée par ce rapprochement inattendu et par les sensations qui me traversent. Perturbée aussi par la rapidité avec laquelle il y met fin. Il l'a fait. Je repense à cette phrase prononcée mille fois et depuis toujours : « Tu es comme ma petite sœur. »

Sur le pas de la porte, je te regarde partir et je me le dis à moi-même. Seulement à moi. Je me le dis tout bas en t'entendant dévaler les quatre étages. Je ne serai plus jamais ta petite sœur. Il n'y a plus d'espace pour l'ambiguïté. Plus aucun recours si ce n'est le courage. Je ne te laisserai plus rien passer parce que aujourd'hui, nous avons franchi la limite. Une petite sœur, on ne l'embrasse pas comme tu viens de le faire.

Je sais aussi que je n'aurai plus de tes nouvelles pendant longtemps. C'est comme ça que tu es. Comme ça que tu as toujours fait. Je décide donc de taire cet épisode, d'y puiser l'énergie nécessaire et de ne plus y penser jusqu'aux prochaines vacances d'été. Je le mets de côté et n'espère plus rien jusqu'au mois de juillet.

Été 1987

Demain matin, nous partons en avion. Une première. Papa me prévient qu'une amie viendra passer une semaine avec nous. Je comprends que je vais enfin pouvoir rencontrer la nana de mon père. La seule sur le point de s'interposer entre lui et moi.

Tout ce qui m'intéresse, c'est Lenny. Savoir s'il vient seul ou avec Pauline. À quelle date. Et s'il y aura des méduses.

Le voyage est rapide. Même pas le temps de réaliser qu'on a quitté la France que nous voilà déjà arrivés sur l'île ! Une heure quarante... Je suis tellement heureuse. Ce rendez-vous est bien ce qui me motive le plus tout au long de l'année.

J'ai la sensation que mon père appréhende l'idée de partager sa vie entre sa copine et moi. Je le mets à l'aise.

Je serai irréprochable. Peut-être même que c'est elle qui ne me supportera pas.

Notre maison enfin retrouvée. Nos chambres, les valises, notre installation et Lenny que j'aperçois déjà en bas sur la plage. Pour une fois, il est arrivé avant nous. Je me penche sur le balcon.

Je ne réagis pas comme d'habitude. Parce qu'à côté, et très distinctement, je devine la silhouette de Pauline qui me coupe tout à coup dans mon élan. L'été dernier, elle avait rejoint Lenny plus tard. Et là, comme si elle faisait partie de notre « famille *ibicenca* », elle s'active pour aider son père à mettre le bateau à l'eau. Je la déteste.

J'enfile immédiatement mon maillot de bain, agacée. J'attrape une serviette et me dirige vers la plage. Mon père hurle mon prénom et me demande où je vais. Je ne réponds pas. Je garde mon énergie pour ce qui va suivre.

Regarde-moi bien arriver, avec tes seins en avant et ta tête de garçonne frigide. Regarde bien ton homme aussi et observe-le quand, au loin, il va me voir débarquer sur la plage. Guette son attitude, sa respiration, ses gestes, ses yeux posés sur moi. Si tu n'es pas trop conne, tu pourras déceler en quelques secondes que ce n'est pas toi qu'il aime. Toi, tu fais partie des meubles. Moi, je suis le fantasme, celle qu'on attend toute l'année de retrouver. Celle qu'on n'aura jamais parce que c'est interdit. Moi, je suis celle qu'il rêve d'avoir dans ton lit.

Et c'est exactement ce qui se produit. Lenny est bien incapable de cacher son émotion quand il me voit avancer vers lui. Il en a le souffle coupé. Pauline le dévisage. Elle tente de saisir ce qui se passe dans nos yeux. Les siens d'abord. Les miens ensuite. Elle ne comprend rien. Elle est désarçonnée. En panique. Pauline tourne dans tous les sens pour tenter de trouver sa place. Peine perdue. Tu n'en as pas, de place.

Je m'avance vers elle et lui demande si tout va bien. (Je t'avais prévenue, ma vieille.) Elle me répond fièrement, la tête haute, le sourire en coin :

— Ça va super, t'as grandi, dis donc.

— Y en a qui grandissent et d'autres qui vieillissent.

Je vais te faire la misère toutes les vacances. Et voilà que pointe chez moi une cruauté que je ne soupçonnais pas. Je me transforme en teigne. Voilà comment cet été 1987 démarre et voilà comment il finira. La colère, le ressentiment, la jalousie, la rivalité prennent toute la place.

Je me jette à l'eau et nage longtemps pour me calmer. Je bouillonne. Au milieu de la crique, j'observe le spectacle de la plage se dérouler au loin. Et comme par enchantement, je constate toute ma force, toute mon emprise sur ces deux-là. Du haut de mes quatorze ans et demi, je comprends soudain que ce couple a peur de moi pour des raisons qui lui échappent complètement. Ils s'engueulent, ils gesticulent. Pauline est hors d'elle. Lenny la prend dans ses bras mais rien n'y fait. Elle le repousse violemment et lui balance une paire de claques, habitude qu'elle n'a manifestement pas encore abandonnée. Je décide de sortir de l'eau à ce moment opportun, le haut de mon maillot de bain à la main, parce que j'ai toujours préféré me baigner sans. Pauline attrape ses affaires comme une furie, défigurée par la colère. C'est drôle, il y a des gens à qui cet état ne sied pas du tout. Pauline quitte la plage. Au revoir, Pauline, merci de me laisser ta place.

Lenny attend qu'elle ait pris un peu le large pour m'attraper le bras. Il me dit d'arrêter mon cinéma. Que tout ça c'est de la provocation. Non, Lenny, tu apprendras que quand j'aime, je ne fais pas de concessions. Tu n'avais qu'à réfléchir avant d'inviter Pauline à passer ces vacances avec nous. Cette année, tu ne joueras pas sur les deux tableaux. Quelque chose a changé. Je ne suis plus ta petite sœur, même si pendant des années ça t'a bien arrangé d'y croire.

Lenny est furieux. Je ne l'ai jamais vu comme ça. Il quitte la plage en me jetant un regard noir.

Il m'a manqué. Je suis contente de le voir. Je le rattrape et lui colle un baiser sur la bouche pour me rappeler à son bon souvenir. Il ne réagit pas et file sans même daigner se retourner. Ça m'est égal.

Le soir, nous nous retrouvons tous au restaurant. Les parents ont commandé une immense paella. Nous sommes une bonne vingtaine. Une grande tablée bruyante et joyeuse avec le goût du commencement des vacances. Jean-Jacques attrape sa guitare dès le début du repas et entonne une nouvelle chanson d'Aznavour. Je prends place à ses côtés. Je suis chez moi. Ici c'est mon île. L'endroit sur cette terre où je me sens le mieux. Celui que je choisirai plus tard pour y finir mes jours. Ici, je suis en terrain conquis.

Pauline arrive, tout endimanchée. Une robe, des talons et du maquillage plein la figure. Tu auras beau essayer, tu n'arriveras pas à obtenir ce que tu vois dans les yeux de Lenny quand il me regarde. Mais tu manques désespérément de discernement pour le comprendre.

Lenny, accroché à ses basques, ne la lâche pas d'une semelle. Il a peur. Ils jouent au couple parfait tout au long de la soirée et détournent le regard à chacune de mes interventions. Comme si je n'existais pas. Comme si je ne faisais pas partie du dîner. Comme si j'étais trop « jeune » pour eux. J'échange avec les cousins de Lenny. Je rigole avec ceux de mon âge. On décide d'aller à la discothèque du Club Aquarium après le dîner. Mon père est d'accord, j'ai la permission d'une heure du matin. Nous partons en bande. Je suis surexcitée à l'idée d'aller danser et faire la fête. Très jeune, j'ai ce goût prononcé pour la nuit et les ambiances festives. Ça ne me quittera jamais.

Les deux restent attablés avec les parents et passent tout à coup dans le camp des « vieux ». Lenny cache difficilement son malaise quand il me voit partir avec les autres. Lui, il est déjà de l'autre côté. Il est maqué. C'est le choix qu'il a fait. La vie qu'il s'est imposée.

Mon père observe notre petit manège. Il essaie de saisir ce qui se trame entre nous. Ce que nous nous efforçons de cacher depuis toujours. L'indicible vérité.

Papa me voit quitter la table avec mes amis et réalise soudain l'ampleur de cette nouvelle donne. Qu'est-ce qui était le plus dur pour lui ? Que je sorte seule en compagnie de Lenny ou avec une bande d'ados en boîte de nuit ? En vérité, c'était tout simplement l'idée de me voir grandir qui le paralysait.

Ces moments de légèreté, je ne les vivais pas souvent et je ressentais le besoin instinctif de les partager avec des jeunes de mon âge. C'est comme s'ils m'avaient été retirés pour en donner l'exclusivité à Lenny. Je suis heureuse de retrouver tous ses cousins que je ne vois jamais pendant l'année et avec lesquels j'ai grandi. Nous mettons le bordel dans cette bonne vieille discothèque familiale de Cala Vadella qu'est « Can Musica ». Je ne vois pas l'heure passer. On me tend un verre de whisky-Coca que je bois sans conviction. Je danse au rythme des sons des années 1980. Peut-être même que je suis ivre pour la première fois.

Il est déjà 1 heure. Un cousin de Lenny tient à me raccompagner. Patrick et moi faisons le trajet ensemble en titubant. Devant la maison, il essaie de m'embrasser, et son appareil dentaire me blesse la lèvre supérieure. Je le repousse. Lui dis que je ne suis pas libre. Que j'ai un amoureux à Paris et que lui, Patrick, est comme un frère pour moi... Je lis la déception sur son visage.

— Ce ne serait pas Lenny, ton mec de Paris ?

Je lui assure que non. Je préfère protéger Lenny et je mens très bien. Patrick m'avoue qu'il attendait ce moment depuis longtemps. Il était certain que ce serait magique. Il s'était imaginé qu'entre nous, ça pouvait coller. Il m'aime bien. Il ne le cache pas. Ça me touche, mais pas plus que ça.

Je pénètre dans la maison à pas de loup. Je constate que mon père n'est pas encore rentré et que je suis seule.

Je traîne. Je n'aime pas aller me coucher sans être sûre qu'il est bien rentré. Je perçois des ricanements qui proviennent de la plage. Je sors sur la terrasse et attrape les jumelles de papa. Il fait nuit noire. J'entraperçois des gens qui chahutent dans l'eau. La lumière de la pleine lune éclaire les corps dénudés. Comme si à son contact, les peaux devenaient subitement phosphorescentes. J'observe le spectacle et je détaille difficilement les visages de chacun. Je crois reconnaître mon père, les parents de Lenny et tous leurs amis. Ils sont une bonne dizaine dans l'eau. Cette crique nous appartient, je n'ai pas menti. Le fameux bain de minuit. Je me demande quel effet ça fait de se retrouver entre amis, nus dans l'eau. Qu'est-ce qu'il peut bien se passer là-dessous ? Y a-t-il vraiment une dimension érotique dans le fait de se baigner nu en pleine nuit à plusieurs ? Je tombe de fatigue.

J'entends mon père rentrer au petit matin. Tout doucement. Pour ne pas éveiller mes soupçons. Je sais, papa. Je sais que tu as retrouvé une nouvelle jeunesse et que tu en profites. J'aime savoir que tu prends du bon temps. Bientôt, je pourrai t'amener en boîte de nuit avec moi.

La nana de mon père arrive demain. J'attends de voir quel type de femme est enfin parvenu à le séduire. Nous rangeons la maison pour qu'elle ait la sensation d'une famille presque parfaite qui s'apprête à lui faire une place. Je vois papa plier au carré sa propre armoire et y laisser des étagères vides. Je le vois changer ses draps et me dis qu'il doit vraiment bien l'aimer pour en faire autant. Il tapote avec soin les oreillers, lisse le couvre-lit. Il est peut-être amoureux. Ses gestes trahissent un je ne sais quoi de « Je veux te plaire ».

Peut-être qu'il comprendra mieux ce que je vis avec Lenny.

Il fait beau et c'est l'heure de partir en bateau. Je presse mon père. La mer est un lac. C'est une journée idéale pour faire du ski. Je suis une bête en ski nautique.

On descend, une glacière pleine de sandwichs et de fruits sous le bras. Le bitume me brûle les pieds. Toujours cette sensation désagréable que je me refuse à contourner. Une fois de plus, mon père s'en offusque mais rien à faire, je ne porterai jamais de chaussures à Ibiza. Je me brûlerai les pieds jusqu'au dernier souffle pour bien sentir que je suis là, sur ton sol.

Tout le monde est déjà sur la plage et se démène pour aller chercher les bateaux. J'aperçois Lenny et son père sur leur Zodiac, au loin. Ils s'engueulent parce qu'ils n'arrivent pas à effectuer leur manœuvre. Ça n'est pourtant pas plus compliqué que d'habitude. Le père de Lenny a une légère tendance à perdre son sang-froid. Sa voix part dans les aigus dès que la colère monte. On ne peut pas s'empêcher d'en rire. Aucune crédibilité.

Nous voilà partis. Quatre bateaux qui se suivent et naviguent côte à côte. L'air iodé, l'odeur de la crème solaire sur la peau, la vitesse, le soleil qui tape mais qu'on ne sent pas, l'excitation d'être réunis à l'image d'une grande famille, la promesse d'une belle journée en mer...

De son Zodiac, Lenny me lance des regards glaçants. Pauline est à côté et guette, comme d'habitude. Elle ne perd pas une miette de ce qui se passe entre nous. Elle surveille. Elle traque la moindre expression de son mec dans ma direction. Les parents et elle se sont comme ligués contre nous. C'est ce qui m'apparaît tout à coup. Un peu comme une révélation. Il n'y a plus aucun endroit pour Lenny et moi. Plus aucun espace pour se retrouver. Plus d'échange possible.

J'étouffe. J'ai l'impression d'avoir commis un crime affreux. Tout ce que je dis ou fais est passé au crible. Chaque mouvement est analysé ou jugé. Est-ce que je suis en train de devenir complètement parano ? Entre les parents et Lenny, Pauline et mon père, je me sens constamment épiée. La sensation de malaise s'installe.

Je prends la décision d'ignorer Lenny, de ne plus lui adresser la parole. De calmer les ardeurs de chacun et, pour une fois, d'aller dans leur sens. Ça ne me ressemble pas.

Je ne suis pas du genre à céder. À ne pas me battre pour ce en quoi je crois. Et pourtant j'abandonne. Parce que Lenny me le suggère, que je l'ai toujours écouté et que tout est contre nous. Il devient donc un étranger. On ne s'est jamais parlé. Jamais touchés. Jamais pris la main. Jamais embrassés un soir d'hiver dans ma chambre à Paris. Ça fait mal.

Je m'isole et m'allonge sur la plage avant du bateau, mes écouteurs vissés sur les oreilles. J'attends que ça passe. Les larmes coulent. Personne ne doit voir. Lunettes de soleil sur le nez. L'estomac qui se tord. Derrière les verres noirs, j'observe le manège de chacun. Je cherche à comprendre cette chose étrange qui lie Lenny à Pauline. Ce qui me lie à Lenny. Ce qui le lie à moi. Et je n'y arrive pas.

Une colère froide s'empare de moi. Je fais le constat. Dans mon for intérieur, persuadée d'y trouver la solution.

Je décide que c'est terminé. Que je n'espérerai pas une minute de plus son amour. Que je mérite mieux que ça. Mieux qu'un mec de vingt et un ans qui n'a pas de courage. Mieux qu'un lâche. J'ai presque quinze ans et je constate déjà que je ne suis pas faite pour souffrir. Que l'amour doit être un sentiment qui comble et non qui blesse.

Ils ont gagné. Ils ont tous gagné, mais je m'en fiche. Qu'ils savourent leur victoire.

Tu as gagné, Lenny. Je ne te regarderai plus.

À mon âge, on ne mérite pas de vivre ces désillusions. Alors, je te laisse à ta petite vie médiocre. Et peut-être qu'un jour, lorsque je serai mariée avec un autre, tu comprendras que c'était nous l'amour. L'inconditionnel. Le vrai. Peut-être même que tu réaliseras à quel point j'étais plus mature que toi. Je te tire ma révérence. Adieu, Lenny. Fin du *game*.

Les jours passent. Tout glisse sur moi. Je rencontre Anna, la nana de mon père. Elle est chouette. Douce. Jolie. Discrète. Je suis étonnamment disciplinée à son contact. Il n'y a pas de moment de réglage entre nous. Pas de doute. Mon père a l'air heureux de cette connivence et surtout, je ne le vois plus beaucoup. Il me fait comprendre qu'Anna et lui méritent un peu d'intimité. Je m'en accommode très bien parce que j'en ai besoin, de cette solitude.

Je continue d'observer cette même ligne de conduite. Lenny est désemparé mais cette fois-ci, je ne flancherai pas. Il veut me parler. Je lui réponds que je n'ai pas le temps, ni l'énergie, et qu'il aille se faire voir. Je suis passée à autre chose, et comme par enchantement il se réveille. Il échafaude tout un tas de plans pour qu'on se retrouve seuls, mais à chaque fois je ne suis pas disponible. J'ai des choses à faire. J'oublie. Pour que sa stratégie échoue. Pour que plus jamais il ne m'atteigne.

Je reste la plupart du temps à la villa. Je vois mes amis espagnols. Je m'éloigne de ce groupe de Français que je considérais comme ma famille. Je le fais parce que je dois me protéger. Et ça marche. Petit à petit.

Fin de l'été 1987 au goût amer.

Je ne lui dis pas au revoir. Je ne le serre pas dans mes bras. Je l'ignore jusqu'à la dernière seconde. Je consacre toute mon énergie à lui renvoyer le plus grand mépris, ma plus belle indifférence.

Année scolaire 1987-1988

C'est l'année du changement. Du lycée et de l'installation d'Anna à la maison. Anna, c'est ma belle-mère. L'officielle.

Je l'aime bien. Parce que c'est une femme élégante. Discrète. Généreuse. Bienveillante. Elle cuisine bien et sait écouter. Elle me fait penser à maman. Même si je ne l'ai jamais connue. Je l'ai toujours imaginée comme ça, maman. J'ai dû y penser tellement fort qu'elle a fini par se matérialiser en la personne d'Anna.

Anna n'a pas d'enfant et elle en veut. Elle a quarante-cinq ans. Au début, papa était contre l'idée, il pensait que c'était trop tôt, ou trop tard. Mais plus le temps passe et plus je sens qu'il aime cette personne au point de pouvoir céder à cette petite folie. Je sais qu'il a peur. Peur de ce qui pourrait advenir s'il lui arrivait la même chose qu'à maman. Il ne peut pas s'empêcher d'y penser. C'est inscrit jusque dans ses cellules. Gravé dans sa chair. Il en a beaucoup trop souffert.

J'observe ce couple qui prend naissance sous mes yeux et je vois mon père sous un jour nouveau. Tu es finalement heureux, plein d'attentions pour une autre femme que moi. Tu as trouvé ton alter ego. Tu fais la paix avec toi-même et avec la vie. Tu apprends à partager. Tu laisses entrer une tierce personne dans notre bulle. Tu fais une entorse à notre petite routine, à nos règles bien établies du passé. Et tu te surprends à aimer de nouveau toutes les choses simples et à sourire. Tu deviens un homme à part entière et plus seulement un père.

Anna amène un souffle de vie dans cet appartement. Je lui parle beaucoup et ça ne me ressemble pas. Je lui demande son avis sur des situations que seule une femme peut comprendre. Elle inspire cela. Le sentiment qu'elle peut tout entendre, tout comprendre. Et très vite, elle entre dans mon jardin secret comme une seconde mère. Et comme je n'ai jamais connu la mienne, je lui laisse plus de place que n'importe quel enfant qui en aurait une. Ça s'impose comme une évidence. Ça ne demande aucun compromis.

Je n'ai pas de nouvelles de Lenny et il ne me manque pas. Je découvre en moi une force insoupçonnée qui consiste, au-delà de tout, à me protéger de ce qui pourrait me faire du mal. Je comprends que je ne pardonne pas facilement. Je suis rancunière. Fière.

Année scolaire 1987-1988

Lenny a pris bien trop de place dans ma vie. J'ai donc décidé de le mettre à l'écart pour me préserver. Il semblerait que ça fonctionne parce que c'est comme s'il n'avait jamais existé. Il disparaît, petit à petit, même dans mes plus lointains souvenirs. Je ne visualise plus ses expressions ni ce sourire qui me plaisait tant. Plus le temps passe, plus son image s'estompe.

Il y a quelques beaux mecs dans mon lycée. Notamment ceux de terminale. On se mate outrageusement dans les couloirs. Ça participe à ma quête d'excitation quotidienne. De toute façon, j'ai l'impression que je ne ressentirai plus jamais rien pour personne. Que quelque chose en moi s'est verrouillé à jamais et a fermé la porte aux sentiments. Que ça ne m'intéresse plus.

Mais ça ne dure pas longtemps parce que les énergies circulent et que Lenny le sent. De sa banlieue du 93, il perçoit mon indifférence. Et comme tu ne souhaites pas cela parce que tu m'aimes, tu m'envoies une lettre. Tu me rappelles à l'ordre et me dis que tu es célibataire. Que tu veux me voir pour tout m'expliquer. Mais ça ne marchera pas – et tu as tort de ne pas l'avoir remarqué, depuis toutes ces années –, parce que la seule chose qui me fait vaciller, c'est quand je te vois. Quand je te sens et que je peux te toucher. Et encore, je ne suis plus très sûre que cette règle fonctionne toujours. Je décide donc que je ne te répondrai pas. Je me surprends à lire tes lignes trop bien rédigées et à ne rien ressentir.

Je lis des mots qui ne me touchent plus. Tes formulations pompeuses qui m'exaspèrent. Je lis une lettre qui ne sert à rien. Je comprends que tu m'écris parce que Pauline ne fait plus partie de ta vie et que tu as saisi ce précieux moment de liberté pour le faire. Mais manque de bol, à quinze ans, je sais déjà détecter la lâcheté chez un homme. J'ai été à bonne école. Je déchire froidement le papier. Désolée, Lenny, mais quand je décide quelque chose, je m'y tiens. Je ne veux plus que du vrai, du concret. Et toi tu es le vent. Tu apparais et tu disparais aussi vite que l'éclair. Tu es l'inconstance. Tu me prends tout et ne me donnes rien. J'ai d'autres amis. J'aurai d'autres histoires d'amour, même si celle-là m'a bien esquintée.

Les adultes autour de nous qui redoutaient tant cette relation ont eu raison de me protéger. Ils savaient que tu me ferais du mal. Longtemps, je leur en ai voulu, mais aujourd'hui je les supplie de me pardonner.

Un mois et demi s'écoule. Je me concentre sur mes cours, la danse classique et je ne compte même pas les jours qui me séparent d'Ibiza. Si on me disait que cette année je n'y vais pas, ça ne me ferait rien.

Et un jour, alors que je sors du lycée, emmitouflée dans ma doudoune d'hiver, avec ma meilleure amie Sophie, quelqu'un m'appelle au loin. Une voix de mec. Je me retourne. Je cherche. Je ne vois d'abord personne, puis une silhouette qui s'avance vers moi et se détache distinctement des autres. C'est toi.

Je ne veux pas te parler. Je décampe en direction de la maison sans même me retourner. Sophie me suit et ne comprend pas ma réaction. Je devrais être contente, flattée. Mais non. À la place de ça, je suis froide, indifférente. Je te hais. Et encore plus parce que tu ne mesures pas le travail que j'ai dû accomplir pour réussir à t'oublier. Je t'ordonne de rentrer chez toi et de ne pas me suivre. Tu me dis que tu ne comprends pas la distance que j'ai mise entre nous du jour au lendemain.

— Ah bon ? Tu ne comprends pas ? J'ai perdu trop de temps. Laisse-moi tranquille.

Il s'arrête net dans sa course.

— Très bien, si c'est ce que tu veux...

À l'image de cet instant, tu ne t'es jamais battu. Tu seras perdant toute ta vie. Regarde comme tu fuis lorsque c'est trop compliqué. Tu rebrousses instantanément chemin.

On part chacun de notre côté. Et sur le trajet jusqu'à la maison, les larmes coulent. Je pense à son désarroi quand je lui ai tourné le dos et ça me brise le cœur. Je réalise que je l'aime peut-être encore. De gros sanglots qui m'étranglent. Je tourne la clef dans la serrure et file dans ma chambre m'isoler. Anna m'entend. Frappe à ma porte. Ai-je besoin d'une mère à ce moment précis, alors que j'ai depuis toujours géré mes émotions toute seule ? Pas le temps d'y répondre. Elle entre. Pénètre dans mon antre, mes secrets. Ma plus stricte intimité. Elle vient forcer cette carapace que je me suis forgée, ce moment de recueillement que j'espérais. Me demande ce qui se passe. Ce qui me rend si triste. Un garçon ?

Je lui réponds qu'elle ne le connaît pas et qu'elle ne comprendrait pas. Je sous-estime ma belle-mère et sa capacité à lire entre les lignes. Elle en sait beaucoup par mon père. Elle me demande si c'est le Lenny d'Ibiza. Me dit qu'ils sont allés dîner chez ses parents il y a quelques semaines. Qu'il avait l'air particulièrement concerné par leur venue ce soir-là.

Il faut que ça sorte. Je la supplie de garder ça pour elle. Elle me le promet. Alors, je lui dis ce secret qui m'accapare depuis tant d'années. Je me raconte à Anna. Sans filtre.

— Ce sera probablement ta première histoire d'amour mais tu verras, on se remet toujours des histoires d'amour. Surtout des premières. La vie continue. Et tu en aimeras d'autres. Différemment. Et peut-être bien mieux, parce que tu auras appris de ce chagrin.

Je ne sais pas l'effet que ses mots ont sur moi mais ce dont je suis sûre, c'est qu'en parler me soulage. Elle me serre contre elle et me propose une bonne gaufre au chocolat. C'est réconfortant. Anna n'est pas ma mère mais je comprends à quel point la mienne m'a manqué. Cette chaleur que seule une maman peut apporter, cette douceur que je n'ai pas connue. Est-ce mal de sentir que petit à petit on la remplace, parce que depuis toujours on a détesté le vide qu'elle a laissé ?

Dans les jours qui suivent, le chagrin se dissout peu à peu. Je pense à décrocher mon téléphone pour rappeler Lenny mais je me raisonne et me dis que c'est une mauvaise idée. Je veux avancer. Rencontrer d'autres gens. Laisser cette histoire derrière moi.

Je poursuis mon année entre les potes, le lycée, papa et Anna. Je trouve qu'elle est plutôt sereine, cette année scolaire. Je me sens mieux dans ma peau, plus apaisée. Lenny n'existe plus. Une partie de moi l'a complètement évincé. Je suis littéralement en rejet de la gent masculine. Aucun autre mec ne m'attire. Je ne les regarde pas. Je les trouve sans intérêt, immatures. Incapables d'avoir une conversation sensée plus de trois minutes. Peu d'humour et de recul sur eux-mêmes. Lenny avait ce petit plus que je ne retrouve chez personne. Nous étions connectés. Un lien unique qui nous isolait du reste du monde. J'en prends conscience et je suis forcée de me rendre à l'évidence. Qui pourra le remplacer? Qui saura être à sa hauteur? La mentalité des garçons de mon âge fait aussi toute la différence. Nous, les filles, nous avons une longueur d'avance sur eux. Nous sommes plus subtiles, plus aptes à comprendre certains sujets.

Je suis invitée à des soirées mais je n'y vais pas. Et papa n'est pas vraiment d'accord pour que je sorte à quinze ans. Je m'en fiche un peu, alors je n'en fais pas toute une histoire. J'obéis et je reste tranquillement à la maison le week-end. Ça ne me coûte pas parce que depuis l'arrivée d'Anna, j'aime l'ambiance à l'appartement. Elle nous fait de bons dîners, je discute avec elle pendant que papa regarde un film. Et pour la première fois, je partage une vraie vie de famille. Celle dont j'avais toujours rêvé. Je ressens sa chaleur. Un cocon dans lequel je me glisse et que rien ne peut venir troubler. C'est comme si désormais je revivais l'enfance tant attendue. Un état de régression qui somnolait silencieusement.

Parfois, je me sens coupable d'avoir si vite accepté Anna dans nos vies. De lui avoir ouvert mon cœur comme si je l'avais toujours attendue. Mais je me raisonne. Je me dis que j'ai assez souffert et que je la mérite, cette belle-mère parfaite.

Lenny est sorti de ma vie au moment où Anna y a fait son entrée. Je me demande s'il n'y a pas un lien de cause à effet. Si elle ne m'a pas donné la force de tenir bon et de ne pas céder au manque.

Les vacances arrivent. Anna a peur de l'avion. Ils décident de partir en voiture tous les deux. Je prendrai un vol de mon côté et j'arriverai un jour après pour ne pas manquer l'anniversaire de Sophie. J'aime l'idée de pouvoir enfin voyager seule. Ça me donne un sentiment d'indépendance et de liberté. Un pied dans l'âge adulte.

Je n'ai aucune info sur Lenny. C'est la première année que je ne m'en soucie pas. Je pense que mon père le remarque parce qu'il me glisse un :

— Je ne sais pas qui sera à Ibiza cette année. Tu le sais, toi ?

Je ne réponds rien. Et surtout, je fais mine que ça ne m'intéresse pas. Si tu savais comme je m'en fous, papa. Ils viendront comme chaque année depuis dix ans avec ou sans leurs gonzesses et leurs enfants... Il n'y aura pas de surprise puisque ces vacances sont sans surprise depuis dix ans.

Je le méprise quand il fait ça, parce qu'il le fait uniquement pour voir ma réaction. Anna me fait un clin d'œil. Oui, nous avons aussi mis en place des codes pour communiquer avec ma belle-mère.

Je prépare ma valise. J'y glisse l'essentiel. Plus question de superflu. D'ailleurs, je me sens légère. Je pars sans aucune arrière-pensée. Avec l'idée que rien ne peut m'atteindre mais que tout peut arriver. Je suis célibataire. Je n'ai aucun compte à rendre à personne. Je suis libre.

Été 1988

Je respire. Je ménage mes forces. Installée dans ma chambre, la fenêtre grande ouverte donnant sur la mer, je prends une profonde inspiration iodée. Je n'ai besoin de rien. Je pourrais rester là une vie entière. À ne rien faire. J'apprends la solitude que je n'ai jamais vraiment connue sur cette île parce qu'il était toujours là. Il n'y avait pas de place pour le reste. Aujourd'hui, il est un lointain souvenir. Je ne l'aime plus. Je ne l'attends plus. Je n'y pense plus. C'est un sentiment de liberté inespéré.

À presque seize ans, je comprends aussi que je suis fière et que j'utilise ce trait de caractère pour me protéger. Je suis vivante. Libre. Détachée de toute colère, de tout sentiment contraignant. Je peux en un claquement de doigts instaurer l'indifférence totale et ne plus rien ressentir. Ce qui me vaudra par la suite nombre d'incompréhensions dans mes relations amoureuses.

Avoir souffert de l'amour trop tôt m'a rendue froide, orgueilleuse, méfiante.

La veille au soir, Lenny m'est apparu au bras de sa nouvelle nana : Mathilde. Je l'ai longuement regardé, cherchant ce que ça pouvait bien me faire, mais rien ne venait. Aucun sentiment. J'étais comme anesthésiée. J'ai souri à cette fille. J'ai été cordiale. Je me suis présentée, j'ai même tenté d'avoir une conversation avec elle. Lenny m'a cherchée du regard toute la soirée et pas un instant je n'ai eu envie d'aller vers lui.

Ce soir-là, j'ai su que cet homme ne deviendrait jamais le père de mes enfants. J'ai compris que notre destin était ailleurs et que lui-même en avait décidé ainsi depuis bien longtemps. J'étais trop jeune pour l'appréhender plus tôt. Trop naïve pour saisir son indéfectible potentiel à fuir et à mentir.

J'ai pris cinq ans d'un coup. La vérité, c'est que bien plus tard, Lenny m'avouera qu'il n'avait pas assumé le regard des autres. Ce qui l'avait aussi bloqué, et par-dessus tout, c'était que je puisse l'idéaliser, du fait de notre différence d'âge. Il avait sept ans de plus, il avait été à l'écoute de ses peurs quand moi, insouciante, j'avais foncé sans aucune retenue dans notre histoire. Sept ans d'écart quand on en a quinze et vingt-deux, ça comptait pour lui. J'aurais préféré que ça n'interfère pas entre nous. Que nos âges soient un détail par rapport à ce qu'on vivait tous les deux. Mais ce n'était pas le cas. J'avais dû me rendre à l'évidence :

pour Lenny, cet amour n'était pas suffisamment fort. Il ne faisait pas le poids. Pour lui, l'ordre, la morale, le qu'en-dira-t-on pesaient bien plus dans la balance.

Désormais, il aime Mathilde. Elle deviendra sa femme et la mère de ses deux enfants quelques années plus tard.

C'est précisément cet été-là que tout s'accélère dans nos vies et que nos chemins se séparent. C'est lorsque je décide de faire irrémédiablement le deuil de cette idylle de mon enfance que tout s'écroule entre nous. Quand je cesse d'y croire pour de bon. Je comprends alors que j'ai été son seul moteur. Que sans moi, elle aurait sans doute pris fin des années auparavant.

Mathilde est une grande gigue brune, cheveux longs, yeux noirs, de type espagnol. Rien à dire de plus. Je n'ai pas grand-chose à lui raconter mais bizarrement, elle cherche à entrer en contact avec moi. Je semble l'intéresser.

Je passe l'été à perfectionner mon indifférence. Je m'isole. Mon père m'en fait la remarque à plusieurs reprises, mais rien ne m'atteint. Je ne perds pas de vue mon objectif. Je suis partie pour maintenir cette humeur tout au long des vacances. Je me suis mise en mode solitaire et je n'arriverai pas à quitter cet état. C'est au-dessus de mes forces. Même si j'essaie, cette froideur revient sournoisement se glisser dans mes réponses, mes tournures de phrases, mes attitudes. Je crois que c'est un mécanisme mis en place pour me protéger. Je n'arrive plus à m'émerveiller de quoi que ce soit. Paraît-il que je suis triste et renfermée. « C'est l'adolescence », je réponds. J'ai besoin de tranquillité et d'isolement. Je me reconstruis. Et mon entourage sous-estime l'ampleur du deuil que je suis en train d'accomplir. Je quitte l'enfance. J'abandonne mes rêves de petite fille. Plus rien n'a de saveur. De goût. D'odeur. J'amorce un pas vers l'âge adulte et désormais, Lenny n'aura plus jamais le même effet sur moi.

Je passe mes journées à observer cette bande d'amis français qui accompagne mes vacances depuis toujours. J'apprends à décrypter le caractère de chacun et je constate que plein de petits détails m'avaient échappé jusqu'alors. Je ne vois plus cela à travers le prisme d'une enfant. J'accède tout à coup à la lucidité et mes yeux s'ouvrent miraculeusement à autre chose qu'à Lenny. Il y a bien une vie parallèle que j'avais occultée. J'assiste à des embrouilles entre mon père et celui de Lenny. Je constate que papa est plus intransigeant et moins tolérant qu'avant. Qu'il n'a tout simplement plus envie de se faire chier, avec l'âge. Nous nous isolons de plus en plus du groupe et, pour la première fois, je ne me sens plus tout à fait à ma place. Je m'éloigne d'Ibiza autant que je me détache de Lenny. Comme si tout autour de moi était soumis à la démystification.

L'île est désormais envahie par les touristes. Des hôtels commencent à pousser sur les plages désertes d'autrefois et les bords de mer. Cala Vadella, notre petite crique de prédilection, a vu toute une série d'immeubles fleurir sur ses côtes. En plus, ça ne respecte pas le style architectural de l'île. C'est moche, c'est *cheap* et ça vieillira mal. Je peux me vanter d'avoir connu Ibiza lorsqu'elle était encore sauvage. Peu de gens l'ont vue ainsi. Aujourd'hui, c'est devenu un repaire de fêtards en mal de sensations fortes. Cette île attire définitivement les gens en quête de débauche. J'essaie de comprendre pourquoi. Sans doute son magnétisme inexplicable. Je n'ai jamais été très sensible à l'astrologie mais il existe tout un tas de théories sur les raisons qui en font ce lieu unique. Il se dit qu'Ibiza est née sous le signe du Scorpion, ce qui insuffle à cet endroit une énergie magique, mystérieuse, intense, ésotérique, sexuelle, presque divine. Le signe du Scorpion est aussi celui de la transformation. Cette sensation unique que j'avais chaque été de revenir métamorphosée, grandie, changée, chargée à bloc...

L'été, l'île est une fête incessante et bouillonne d'hédonisme tandis que l'hiver elle est un point de recentrage, calme, solitaire, introspectif. Elle passe de l'un à l'autre en quelques semaines. Sa bipolarité me fascine. D'année en année, le tourisme de masse gagnera du terrain, mais il n'aura jamais raison d'elle.

C'est l'anniversaire d'une amie de papa et comme tous les ans, nous le fêtons chez « Pépé », le restaurant au bout de la plage. Nous sommes encore une grande tablée. Je m'installe avec les ados. Il semblerait que ça soit devenu ma place. Lenny tente de se faufiler devant Patrick pour prendre la chaise libre près de moi. Je suis exaspérée. Je veux qu'il me lâche, qu'il comprenne que c'est fini et que ça ne sert plus à rien de tenter un rapprochement. Il m'explique que Mathilde est souffrante, alitée avec 39 de fièvre. Je devrais me réjouir, pense-t-il probablement. Je n'ai rien à répondre. Je l'ignore. Je sais pertinemment qu'il veut s'asseoir à côté de moi parce qu'elle n'est pas là. Ça dénote une fois de plus son potentiel de soumission, sa lâcheté inébranlable. Blasée, je ne croise même pas son regard. Cette indifférence, c'est ma force.

À la fin du repas, les guitares et les chansons, comme d'habitude. Je ne suis pas d'humeur à chanter. Les amis de papa ne comprennent pas pourquoi et trouvent que je ne suis pas dans mon assiette ces temps-ci.

— Qu'est-ce qui se passe, Lola ?

Tous les yeux sont braqués sur moi. Ceux de Lenny viennent taper sur ma nuque. L'émotion monte et, face à tous ces regards interrogatifs, je me décompose. Je tombe le masque. Ça doit sortir. Ma gorge se serre. Je suffoque et la larme coule toute seule. Je pleure. J'ai honte. Anna se lève pour me prendre dans ses bras mais je déguerpis en vitesse avant qu'elle puisse seulement m'approcher. Je quitte le restaurant direction la plage.

Nuit noire. Lenny essaie de me rattraper et crie mon nom. Je ne me retourne pas. Il crie encore. Je bouillonne de colère, et malgré cela j'ai encore de la place pour réfléchir. Pour me dire que tout le monde a dû saisir la raison de mon mal-être. En voyant Lenny me suivre, la tablée entière a dû comprendre. Ça me rend dingue de lui donner cette place, de lui offrir cette victoire.

Il agrippe soudain mon bras droit et essaie de me calmer. Je pleure plus fort encore. Tellement que j'en perds le souffle. Entre femme et enfant, je ne sais plus qui je suis face à Lenny. Trop longtemps que je contiens cette peine. Lenny tente de me raisonner en m'enveloppant de ses bras. C'est pire. Lâche-moi ! J'étouffe ! Je ne veux pas de ta pitié, je ne veux pas de tes bras. Laisse-moi partir, Lenny !

Il me supplie de parler, de lui dire ce qui ne va pas. Il veut comprendre mais ce n'est pourtant pas si compliqué. Et cette phrase qui sort de ta bouche et qui stoppe net mes larmes :

— Tu dois m'aimer si fort pour souffrir à ce point. Personne ne m'aimera jamais comme toi.

Je suis abasourdie par ces mots et l'assurance avec laquelle Lenny les formule. Et malgré tous mes efforts pour le sortir de mon esprit, ces mots résonnent en moi comme un ultime échec. Je crois qu'à cet instant précis, mon corps se relâche. Comme s'il comprenait subitement que le contrôle que j'opère depuis des mois sur mes émotions ne sert plus à rien.

Cette phrase finit de m'achever parce que dans la bouche de Lenny, elle prend tout son sens. Je comprends que cela me dépasse. Je me blottis dans ses bras. Me fais secrètement la promesse d'essayer de l'oublier. Plus tard. Je gagnerai ce pari contre moi-même.

Lenny plonge ses yeux dans les miens. Il attrape mon visage de ses deux mains et plaque le sien sur le mien. Sa bouche qui se rapproche, l'hésitation, la langue qui se fraie un chemin parce que c'est une question de vie ou de mort, chaude, humide, nos salives qui se mélangent, le bruit des vagues qui viennent s'échouer sur le sable, ses mains qui passent sous mon tee-shirt, lentement, doucement. Son corps sur le mien. Ne faire plus qu'un avec Lenny. Ce moment dure longtemps. Toute la nuit. Si torride que je ne me souviens pas avoir ressenti un tel sentiment de béatitude auparavant. Que je souhaite que tout, autour de nous, se mette en veille. La lune, claire, ronde, observe de là-haut. On en oublie l'heure qu'il est. Moi sur lui, allongée, nos deux corps torse nu. Lenny passe sa main dans mes cheveux et ça me berce. Lenny me caresse les bras de long en large comme quand j'étais petite. Je m'assoupis. Contre lui. Mes seins d'adolescente sur sa peau de jeune homme.

J'ai froid, j'ouvre les yeux. Lenny dort encore. Je dois le réveiller. Le lever du soleil semble irréel. Lenny s'extirpe de son sommeil au moment même où mon corps se détache du sien. Il panique. On remonte chez nous main dans la main. La côte est raide, comme toujours, mais plus encore ce matin-là. Je ne veux pas le lâcher. Je ne veux pas qu'il retourne dans les bras de Mathilde. Il me laisse devant chez moi mais avant de partir, m'embrasse et me dit :

— Je t'aime.

Il me demande aussi de ne pas l'oublier. Jamais.

Voilà ce dont je dois me contenter. Voilà ce qu'il me reste. Sauf qu'aujourd'hui tout est différent. Je n'attends plus rien. Je suis peut-être naïve. Je suis sans doute trop jeune, mais je comprends vite. Lenny n'aura pas ma tristesse une nouvelle fois. Je vais continuer de tout faire pour chasser ce sentiment et laisser la place à d'autres émotions, d'autres rencontres, d'autres histoires. Il y a tellement de nouveaux horizons à découvrir. D'autres gens à aimer. Il y a tant de choses que j'ai mises de côté pour lui, à cause de lui et parce qu'il prenait toute la place.

Cette nuit-là sur la plage, cette dernière nuit passée ensemble, marquera le point final de notre merveilleuse idylle *ibicenca*.

Année scolaire 1988-1989

J'aurai seize ans dans quelques jours. J'ai enfin mes règles. Bien plus tard que toutes les autres filles de ma classe. J'attendais ce moment avec impatience. J'espérais qu'il arrive le plus vite possible pour me sentir comme les autres. Pas comme l'éternelle enfant qu'on protège. Celle à qui on épargne les détails. À qui on fait comprendre qu'elle n'a pas sa place dans les discussions parce qu'elle est trop jeune. Je fais partie du clan des femmes réglées maintenant. De celles qui peuvent en parler. Et je prends conscience de la portée de cette nouvelle donne : je peux dorénavant enfanter. Ce que ça représente me glace le sang. On devrait pouvoir avoir ses règles quand on est psychologiquement prête à avoir un enfant. Le corps et l'esprit devraient se synchroniser. Mais là, ça n'a aucun sens. Savoir que mon corps est capable de faire un enfant à seize ans m'apparaît comme une aberration. Je pense à ma pauvre mère. Ce corps qui est le mien, qu'elle a fabriqué et qui lui a donné la mort est prêt à prendre le relais. Moi je ne le suis pas, prête. Je ne le serai jamais.

On devrait passer un examen avant d'avoir un enfant. Une note sur sa « maturité affective » et une note sur son « capital santé ». En dessous de la moyenne, ça devrait nous être formellement interdit.

Il n'y a plus seulement Sophie et Lenny dans ma vie. Il y a d'autres filles, d'autres garçons. Je me tourne tout naturellement vers les autres et je fais de nouvelles rencontres. L'adolescence me quitte peu à peu et je mets doucement un pied dans l'âge adulte. Je me surprends à penser différemment, à être plus tolérante, peut-être plus curieuse aussi.

J'ai envie de faire une fête à la maison. Mes amis seront là, il y aura de la musique, on dansera. Mon père et Anna me laisseront l'appartement une bonne partie de la soirée.

J'invite Lenny tout en sachant qu'il ne viendra pas. Mais je le fais, avec un certain aplomb. Aussi parce que nous ne nous voyons jamais pendant l'année. À vingt-trois ans, il a certainement mieux à faire que d'aller à une « boum ». Je sais aussi qu'il est très pris par ses études. Un jour, alors que nous étions en pleine mer à Ibiza, nous avons croisé des dauphins et ce fut sa révélation. Il deviendrait océanographe.

Je suis plongée dans mes préparatifs et je ne pense plus qu'à cette soirée d'anniversaire. On commence sérieusement à s'intéresser aux sorties et aux fêtes, avec Sophie. Ça devient notre nouvelle obsession du week-end, on n'attend plus que ça. La fête, c'est mon truc. Ça met le temps en suspens. On est tous liés par un même élan. Réconciliés par une même pulsion de vie. J'aime la nuit. La sensation qu'elle offre de se sentir plus libre, de n'avoir pas de limites, de pouvoir tout se permettre sans jamais être percé à jour. L'idée que tout est possible.

C'est le jour J. J'enfile un body de danse qui me moule la poitrine et dégage les épaules. À cette époque, je n'ai pas besoin de mettre de soutien-gorge. Ça tient tout seul. Le galbe est parfait. Je commence tout juste à assumer ce corps et à le mettre en avant. Je passe un pantalon pattes d'éléphant. J'ai un goût prononcé pour les années 1970 et tout ce qui s'y rapporte.

Tout est prêt. La musique, la lumière, les boissons. Sophie et moi ne tenons plus en place. Il faut du courage pour organiser une fête chez soi quand on est adolescent. Ne pas se soucier du regard des autres. Oser l'affronter malgré ceux qui trouveront toujours à redire sur le choix de la musique, celui des invités ou le goût douteux de la déco de tes parents. Je prends le parti de tout assumer.

Les premiers invités arrivent. Des garçons, des filles. Ça sonne non-stop. Et celui que je n'attendais pas. Il me sourit. Vient se mêler à mes amis adolescents. Je ne sais pas comment réagir. Je me demande ce qui a bien pu me passer par la tête en l'invitant. Je ne lui souris pas, ou peu.

Je ne lui accorde aucune attention particulière. Il fait partie de mon entourage. Comme les autres.

Tu es là, amuse-toi bien, même si tu risques de te sentir légèrement plus vieux que la moyenne d'âge. Bon courage, Lenny.

Il pénètre dans ma sphère qu'il a toujours pris soin de mettre à distance. Il rencontre Sophie, mes amis du lycée et essaie péniblement de s'introduire dans des conversations qui ne l'intéressent pas. Il déploie toute son énergie pour faire mine d'être à sa place. Il prend sur lui. Il observe tout de moi. Chaque geste, chaque mouvement, chaque initiative. Dans son regard, je vois quelque chose que je n'avais jamais remarqué auparavant. Une flamme. Un désir. Peut-être aussi le sentiment d'être complètement foutu. De la tête aux pieds : mes seins, ma nuque, mes jambes, mes fesses. Tout y passe.

Il dévisage aussi ceux qui me regardent de trop près. Il découvre qui je suis dans ma vie et qui sont les gens qui m'entourent. Ceux que j'ai choisis.

Tu te demandes pourquoi tu résistes. Qu'est-ce que cela t'apporte ? Qu'est-ce que tu en tires au final, à part une énorme frustration qui te paralysera toute ta vie ?

Lenny n'est pas à l'aise et mes invités lui renvoient trop violemment cette différence d'âge. Mon regard se perd sur lui de temps à autre. Plus tard, il m'écrira ceci en repensant à ce jour : « *Tu as invité quelques amis mais à la façon dont tu me regardes, le vide s'est créé autour de nous.* »

La soirée se passe. Nous dansons l'un contre l'autre, nos bouches à quelques millimètres. Mais Lenny détourne la tête. Il se l'interdit encore. Il n'assume pas ce qu'il ressent, ni ce qui devient inévitable avec l'âge. J'ai beau décider de le sortir de ma vie, je ne réussis pas à l'oublier. Il m'écrira encore : « *Y a-t-il une différence entre les sentiments que nous éprouvions l'un pour l'autre alors que tu étais une enfant et ceux qui ont émergé lorsque enfin la distance entre nos lèvres est devenue nulle ? Il n'y a aucune différence, c'est une évidence, l'amour est né très tôt, tellement tôt qu'il a sans doute toujours existé.* »

Et c'était ça dont nous prenions conscience avec les années. Qu'il n'y avait pas d'âge à l'amour. Que nous étions les mieux placés pour le comprendre.

On pouvait aimer et être aimé à n'importe quel âge. Aucune loi n'interdisait les sentiments. Aucune règle ne les stipulait non plus.

Des allers et retours. Sans arrêt. À me battre contre ce sentiment qui stagne et jamais ne me quitte. Comme une maladie qui prend tout votre corps et votre tête. Je suis malade de Lenny. Et il n'y a aucun remède à cela. Un jour, nous ferons l'amour et je serai guérie. À jamais. Ce sera l'ultime parade : terminer ce que nous avons commencé.

À cette fête, il m'offre un pendentif en or avec un cœur. Je le prends comme une déclaration. Un bijou officiel. Une promesse d'amour éternel. Je ne le quitte plus jamais.

Par la suite, Lenny disparaît à nouveau.

Je vis des histoires avec d'autres garçons. J'y pense moins, le regard des autres hommes sur moi efface celui de Lenny pour de bon.

Je croise la route de Jean-Hugues, qui n'a pas le prénom de son physique. Jean-Hugues plaît aux femmes et il est plus âgé que moi. Je suis fascinée par son charisme. Il est grand, beau, charmant et tellement sûr de lui qu'il en devient arrogant. Mais j'aime ça. Rien ne l'impressionne et tout est tourné à la dérision. C'est un homme à femmes et il l'assume. Son assurance le trahit.

Il me voit comme une gamine. Mais un soir, il succombe et on s'embrasse dans la cave à skis de l'appartement de mon père à la montagne. Je suis prise au piège et j'en oublie l'existence de Lenny. Pour la première fois, je fais la connaissance de quelqu'un qui réussit à l'évincer. J'ai des papillons dans le ventre et je suis obsédée par l'idée de le recroiser dans la station. Dans les bras de Jean-Hugues, je suis à nouveau femme-enfant. C'est là que je prends conscience de ce réflexe que j'ai de systématiquement endosser le rôle de la petite fille qu'on protège, dans les bras d'un homme plus âgé. Je suis éduquée à cela depuis ma plus tendre enfance. J'ai connu l'amour trop tôt et c'est ainsi que je suis faite.

J'aime ce que Jean-Hugues dégage. Son potentiel de grand séducteur le rend irrésistible. Il m'appelle « bébé ». J'ai toujours trouvé ça ringard mais dans sa bouche, c'est excitant. Ça me donne une place très spéciale. Ça sonne comme une déclaration d'amour. J'oublie tous mes a priori sur ce type d'homme imbuvable et je tombe dans le panneau.

Jean-Hugues fréquente des filles plus vieilles que moi. Beaucoup de filles. De celles qui se maquillent et ont déjà couché. Moi, je me sens toute petite à côté d'elles. Jean-Hugues pourrait me faire du mal. Ses intentions sont moins prudes que celles de Lenny, moins sincères. Il est égoïste, narcissique et ne s'intéresse pas vraiment à moi. Sous ses airs de gentleman, il n'a qu'une idée en tête : coucher avec cette femme-enfant que je suis. Être le premier et aller droit au but. Je ne le découvre que plus tard puisque pour l'heure, il enjolive la situation et me fait croire qu'il m'attend.

Pendant longtemps, Jean-Hugues restera une sorte de fantasme, un homme à conquérir à tout prix. Il est celui de la montagne quand Lenny est celui de la mer.

Année scolaire 1989-1990

Je crois que ça se passe cette année-là. Je viens d'avoir dix-sept ans.

Je me suis juré que Lenny serait le premier et qu'une fois le contrat rempli, je passerais à autre chose. Comme si l'histoire d'amour de mon enfance devait passer par l'acte d'amour, autrement dit l'acte d'adulte, pour s'achever enfin.

Nous sommes au début de l'année scolaire. Lenny n'est pas venu à Ibiza l'été dernier. Il ne passe plus l'été avec ses parents. Je ne l'ai pas revu depuis longtemps.

Je décroche mon téléphone et, sans détour, lui annonce que je veux le faire avec lui. Que je suis prête. Je ne passe pas par quatre chemins. Je crois même que je lui mens : c'est déjà arrivé mais pas tout à fait. Je ne sais plus vraiment ce que j'invente mais il y a urgence à le faire. Maintenant. Je ne mets pas longtemps à le convaincre.

Lenny a vingt-quatre ans et il habite encore chez ses parents. Pas grave, il demandera à son meilleur pote, Christophe, de lui prêter sa maison le temps d'un après-midi. Le temps qu'on le fasse. Le temps qu'il me saute. Après ça, je rentrerai chez mon père et lui chez ses parents. Nous aurons enfin concrétisé l'acte ultime et nous pourrons vraiment nous dire au revoir. Nous convaincre que nous sommes allés jusqu'au bout. C'est ce que je lui dis. Je ne sais pas si je le pense vraiment ou si c'est simplement un moyen d'arriver à mes fins.

C'est comme ça qu'on le fait. Dans cette urgence devenue insoutenable. Dans cette chambre glauque et moite d'une maison mitoyenne de banlieue. Et probablement dans la chaleur suffocante du mois de septembre 1989.

La maison se trouve à Bobigny. C'est moche. Je m'y rends en métro. Je ne suis pas tranquille, pleine d'incertitude mais déterminée comme jamais à démarrer ma nouvelle vie de femme en me jetant dans les bras de cet homme que j'ai toujours aimé et désiré.

Lenny vient m'ouvrir et m'accueille comme s'il me recevait chez lui. C'est étrange. Presque solennel. Je suis mal à l'aise, j'ai peur. Tout est bien au carré, sans surprise et ça ne ressemble pas à ce dont nous avons l'habitude. Les papillons ne tardent pas à se mettre en travers de ma respiration. Mon cœur bat la chamade, je ne sais même plus comment je m'appelle. Je lui ai fait croire que ce n'était pas la première fois mais, dans ses bras, je ne pourrai plus mentir. Longtemps j'ai attendu ce moment, pourtant la peur ne me quitte pas et fait rempart au désir. Et si cela se passait mal ? Que dire ? Comment réagir ? S'il me trouvait inapte à l'acte sexuel ? Si je le décevais tout à coup ?

Il me propose à boire. Je n'ai pas soif mais j'ai chaud. Cette année-là, l'été se prolonge à Paris. Tant mieux, nous ne sommes pas dépaysés.

Je fais tomber ma veste en jean.

Je porte des dessous sexy en dentelle rouge qu'une amie de ma belle-mère m'a offerts. Ce n'est pas moi, ça ne me ressemble pas mais je veux faire effet. Je veux qu'il me voie comme une femme et qu'il me traite enfin comme telle. Il est aussi tendu que moi mais semble mieux gérer ses émotions. Il est sûr de lui, entreprenant. Il l'a déjà fait. Il a déjà touché d'autres femmes, d'autres corps. Il sait s'y prendre. Il va m'apprendre. Il s'avance vers moi et, dans un élan, m'embrasse. Dans son regard, je perçois un : « Tu es venue là pour ça alors allons-y. »

Ici, personne ne pourra nous surprendre. Nous avons cinq heures devant nous. Et cette maison, même moche, est à nous tout seuls.

Nous nous embrassons tellement que j'en perds la notion de l'espace et du temps. La sensation qu'on se mélange vraiment pour la toute première fois. J'oublie ce pour quoi je suis venue. Tout est si naturellement chargé de désir. Nous avons le temps et le temps, on ne l'a jamais eu. Il ôte mes vêtements. En deux secondes, je me retrouve en culotte et soutien-gorge. De haut en bas, il m'observe, s'exclame que je suis belle. Il prend ma main. M'emmène dans une chambre au fond du couloir. Le lit est contre le mur. Les draps jaune pâle bien propres, visiblement changés avant mon arrivée, dégagent une forte odeur de lessive bon marché. On s'allonge. On s'embrasse encore. On ne parle plus, nous avons suffisamment parlé pendant toutes ces années. Mon cœur bat vite. Lenny enlève son pantalon et son tee-shirt comme s'il était expert en la matière. Il le fait avec une telle maîtrise que ça le rend plus sexy encore. Il est en caleçon et je sens son sexe dressé contre le mien. C'est bizarre de le sexualiser tout à coup. C'est la première fois. Comme si je ne m'étais jamais autorisée à penser qu'il pouvait être un homme à mon contact. C'est presque déconcertant. Aurais-je inconsciemment intégré cette notion d'interdit imposée par notre entourage depuis toutes ces années ? Ou était-il vraiment comme un frère avec qui il ne fallait pas commettre l'acte sexuel ?

De toute façon, je ne pouvais plus revenir en arrière. Lenny me demande si je l'ai vraiment déjà fait. Je mens encore une fois et lui réponds que le garçon en question n'a pas vraiment réussi. Il ne me croit pas, mais cette information ne change pas ses plans. Il ira jusqu'au bout parce que ce moment nous est offert. Il est à nous et nous avons conscience tous les deux qu'il est précieux et urgent de l'honorer. Enfin. Ne le gâche pas.

Alors Lenny baisse ma culotte. La chaleur de sa bouche entre mes jambes. Je détourne la tête. De nouveau cette sensation désagréable qui me fait sortir du moment présent. La gêne ou l'extrême pudeur d'une gamine de dix-sept ans que personne n'a encore jamais effleurée à cet endroit. Lui, c'est un habitué. Il sait s'y prendre. Il le fait avec le désir de l'homme qui veut bien faire. Qui ne doit pas échouer. Commencer sa vie sexuelle par « ça » est sans doute le meilleur apprentissage qui soit, mais je n'y suis pas préparée. Je me raidis. De longues minutes qui se transforment sans doute en heures, le temps que mon corps et ma tête lâchent prise et que l'information du plaisir remonte au cerveau. Nous transpirons l'un et l'autre, nous sommes en eau. Tout se mélange : nos souffles, nos odeurs, nos peaux. Le lit est trempé de notre étreinte. Lenny continue jusqu'à ce qu'il atteigne son but ultime. Longtemps, lentement, jusqu'à ce que soudain la tête me tourne. J'ai des fourmis dans les jambes et les bras, je suis en train de partir. Je tremble. Mon corps lâche. Malaise. Je lui dis stop. Et je crois que je perds connaissance quelques secondes. La décharge est trop vive, trop intense, me paralyse le corps tout entier. Lenny s'arrête. Il ne panique pas. Contrôle la situation. Me prend dans ses bras et m'apaise.

Je reviens peu à peu à moi. Le désir est intact. Continuer. Ne plus jamais arrêter de faire cette chose-là avec toi. Nous reprenons ce que nous avons commencé parce que nous sommes affamés l'un de l'autre. Il se glisse alors en moi et nous ne faisons plus qu'un. J'ai mal. Un peu. Qu'il aille doucement. Ce qu'il fait. Cette odeur de lessive, de peau, de sexe et de sueur mélangés que je n'oublierai jamais, elle s'imprègne jusque dans mes pores.

Ça se passe comme ça. Dans cette maison mitoyenne de la banlieue nord de Paris. J'apprends l'amour dans les bras de Lenny.

Je rentre en métro. J'ai mal partout, comme si j'avais pris des coups tout l'après-midi. Je me sens fébrile, épuisée. Je suis différente. Je suis enfin une femme. J'essaie de scruter mon reflet dans les vitrines. Me demande si ça se voit. Si les gens que je croise le sentent. Ils ne peuvent pas passer à côté de cette odeur que le désir a laissée sur ma peau et mes vêtements.

C'est une page qui se tourne. Je le sais. Je l'ai décidé il y a déjà bien longtemps. Je ne reverrai plus jamais Lenny.

26 mai 1990

Lola,

Comme ton silence est difficile à interpréter. Mes lettres qui n'arrivent pas, pas plus que ma voix ne résonne dans le téléphone. Tout cela a nourri ton imagination ou ta prise de conscience, pour reprendre tes termes. Je voudrais te rassurer pour ce qui est de tes mots. Ils m'ont secoué mais n'était-ce pas le but recherché ? Je ne me lancerai pas dans une analyse de ton inconscient déballée sur le papier. Je n'en ai ni la capacité ni la volonté. Je suis néanmoins sûr du fait que tu mûris, que ton assurance s'accroît. Comment t'instruire sur ton conscient ou ton inconscient alors que mon esprit barbote dans un vide insurmontable ?

À mon tour d'être sincère et de laisser les mots défiler sous ma plume. Je tiens à ce que tu voies enfin clair en moi. Je n'ai sans doute effectivement qu'une pâle représentation totalement fantasmagorique de la personne que tu es réellement, mais c'est certainement réciproque.

Nous ne nous connaissons qu'à travers un merveilleux livre de contes de vacances baignées de soleil que chaque année nous avons feuilleté depuis notre plus tendre enfance. Peut-être les pages sont-elles devenues plus difficiles à tourner, peut-être avons-nous peur d'assumer la suite ? Comme c'était agréable, naïf et envoûtant de se laisser bercer par des rêves, des promesses... Mais est-ce à dire que le dénouement de l'histoire est tragique ?

Dans tout bon roman, nous nous retrouverions un jour ou l'autre face à face, nous balaierions les obstacles des préjugés, de l'espace et du temps... Mais la nature m'a doté d'une lâcheté et d'un esprit d'indécision insurmontables. Il est certain qu'inconsciemment j'ai entretenu avec toi un rapport ambigu et égoïste dans le but d'alimenter ta flamme.

Bref, je ne mérite pas que tu te tourmentes pour moi ou pour ce que je peux ressentir pour toi. Tu sais pertinemment ce que j'éprouve à ton égard. Il ne se passe pas un jour où ton image m'épargne et chaque fois, j'en suis troublé. Je me fais l'effet d'un Icare face au soleil, tenté mais conscient du risque. Je me réfugie dans l'immobilité.

Il serait purement hypocrite et malsain de me dévoiler ainsi sans te parler de la fille qui vit à mes côtés depuis plusieurs mois. J'espère que tu saisiras sans mépris la nécessité d'aborder enfin ce sujet tabou dans toutes mes précédentes et désuètes lettres. Avant de t'éclaircir sur ce que je peux ressentir pour Mathilde, je voudrais te révéler quelques traits de son caractère qui t'ont sûrement échappé dans ton souci de « m'idéaliser ». Pour reprendre ses propres mots, je suis un enfant capricieux, égoïste, exclusif, jaloux, ludique, cruel, usant d'un charme abusif pour sans cesse se faire pardonner le mal qu'il commet inconsciemment ou consciemment autour de lui. C'est vrai que souvent, j'éprouve des pulsions d'une extrême violence, mais mes larmes sont toujours sincères. Je tremble à l'idée qu'elle puisse lire une seule de ces lignes car quoi qu'il arrive, je refuse qu'elle puisse souffrir d'une quelconque humiliation. C'est pourquoi je te supplie du fond du cœur de garder sous silence tout ce que je peux te livrer comme confidences. J'ai déjà l'impression de mettre à nu des choses que je n'ai ni le droit ni le courage de te faire connaître. Tu auras sans doute compris que je ne suis qu'un enfant face à elle. Je suis torturé entre l'envie de te faire comprendre mon attitude envers toi et la pénible impression de déballer sa vie intime et la trahir. Je te dirai seulement qu'elle a tout enduré de moi sans jamais douter. Elle m'a protégé, consolé, encouragé. Devant son extrême douceur et sa profonde sincérité, je n'ai pas tenu deux jours sans lui avouer ce qui s'était passé entre nous. Je lui ai longuement expliqué cette tendre passion qui nous unissait depuis toujours et le pas que nous avions franchi sans préméditation. Elle a terriblement souffert de mon attitude puérile mais, avec le temps, elle m'a pardonné et, devant ma détresse à l'idée de partir et de vivre isolé durant une année pour mes études, elle m'a suivi. Je n'ai depuis lors jamais regagné sa confiance mais je crois qu'aujourd'hui, elle m'en veut davantage pour tout ce que je te fais endurer par mon inconstance que pour l'humiliation et la déception qu'elle a elle-même endurées. Pas un instant elle ne t'a haïe. Au contraire, souvent elle m'a encouragé à pousser plus loin notre passion, dont l'échéance n'est que retardée et inévitable à son idée. Devant cette force de caractère, je me suis mis à éprouver un profond attachement pour elle. Et désormais, la quitter me semble aussi difficile que de me détacher de l'amour maternel. Il s'agit encore une fois d'un amour bien singulier qui ferait sourire plus d'un psychanalyste. Ainsi, je suis écartelé entre deux passions toutes deux ambiguës mais très différentes. À défaut de trancher pour l'une ou l'autre, je me laisse guider par l'instant présent. Je sais aussi que si elle apprenait cela, elle me quitterait aussitôt, et qu'en te faisant ces révélations je risque sans doute de te perdre aussi. Seule ma sincérité rachètera un peu, je l'espère, ma faiblesse dévoilée à tes yeux.

Essaie de ne plus penser à moi en termes de relation amoureuse. Oublie la brève mais merveilleuse aventure que le destin nous a offerte. Je veux que tu vives sans te guider sur des projets avec moi. Essaie d'imaginer qu'il ne s'est rien passé. Il est facile d'écrire, de décider les choses par l'intermédiaire d'une feuille de papier mais bientôt nous nous retrouverons humainement et tu ne sais pas plus que moi de quelle manière battront nos cœurs. Il est certain que mes yeux brilleront de confusion après tant d'aveux proférés. En attendant, imagine que l'on se soit vus hier, que l'on ait été heureux d'entendre nos voix, de se regarder, de sentir nos présences et qu'il n'y ait eu aucune ambiguïté entre nous, plus rien qui puisse justifier tes lettres d'incertitude, de tourment, d'interrogations dont chaque mot me bouleverse.

Écris-moi seulement que tu vas bien, que tu es heureuse de vivre. Fais-moi part de tes joies et non plus de cette passion qui finirait par détruire toute relation entre nous...

Lenny

4 août 1991

Lola,

Si tu devais disparaître le 5 août 1991, il ne me resterait qu'une seule nuit pour t'écrire à quel point tu auras compté pour moi lors de ton court passage chez les vivants. Et comme nous avons les mêmes goûts, ta lettre et la mienne devraient se superposer en ce sens.

Le rêve dans lequel je te sauve des requins en me sacrifiant, hurlant ton nom avec une intonation plus explicite que tout ce que j'essaie de te décrire sur ce magnifique papier à lettres (n'est-ce pas ?), n'est somme toute que ma volonté d'accomplir ton bonheur avant le mien. Te rappelles-tu ce jour où ma cousine avait manqué de se noyer ? Je m'étais jeté dans l'eau de toutes mes forces, avant tout le monde, j'étais parvenu à la ramener sur le sable. Ensuite, je t'avais regardée comme si c'était toi que je venais de sauver. Ceci est à l'image de ce que j'ai toujours éprouvé envers toi, une relation magique, irréelle, un conte de fées avec mon rôle peut-être simplet de Prince charmant te délivrant des griffes du mal dans tous mes rêves.

Petite fille, je t'ai adorée comme un frère. Je te soulevais dans mes bras tendrement. Tu étais ma petite princesse. Adolescente, je n'ai pas compris tout de suite que tes sentiments se modifiaient sensiblement. Tu étais toujours ma petite sœur. Jeune femme enfin, ce fut à mon tour de flancher alors que j'aurais peut-être dû m'éloigner de toi. Sans évoquer un sentiment quel qu'il soit, je nous vois en fait comme deux particules attirées irrésistiblement l'une vers l'autre. Éloignées, elles ne font que percuter violemment des murs illusoires avant de retourner encore et toujours sur le chemin pour s'entrechoquer à nouveau au-delà de toute volonté et de toute raison. Éloignées, l'effet s'atténue un peu. Proches, elles ne peuvent se repousser très longtemps.

Et puis, cette semaine où nous nous sommes retrouvés comme nous nous étions quittés un an auparavant et tous les souvenirs qui ressurgissent sur cette plage déserte, ces moments de bonheur distillés en si peu de temps. As-tu réalisé le peu de temps que nous nous sommes consacré et à quel point il aura pourtant compté ?

Combien de souffrance aussi, de frustrations, de révoltes, de chuchotements. Te souviens-tu de la chaleur dans cette chambre et de ce moment où nous nous sommes enfin réunis et que nous avons vécu plus par peur de ne plus jamais en avoir l'occasion que par le désir de l'instant ?

Pour ce qui est de l'avenir, je ne vois avec certitude que l'amour de mon fils, survenu dans ma vie par accident. Le reste est très flou. Je vois également que le 5 août tu ne mourras pas et j'en suis infiniment heureux. Mais si par malheur je suis un mauvais voyant, alors n'oublie jamais que c'est ton nom que je hurlerai à ton oreille au dernier instant, au dernier souffle.

Tout ce que je viens d'écrire n'est que pure franchise et c'est un aveu d'impuissance face à ton terrible regard.

J'aurais voulu t'en dire encore bien davantage mais le temps et la santé me font défaut. J'espère que tu auras saisi mon message. Prends bien soin de toi sur terre, au paradis ou en enfer, et qu'importent d'ailleurs l'endroit et « l'éternité de la damnation à qui a trouvé dans une seconde l'infini de la jouissance ».

Lenny

Été 2019

J'ouvre mes vieux volets. Prends une grande bouffée d'air frais.

L'odeur de la rosée. J'embrasse mon mari. Ma fille dort souvent jusqu'à midi, parfois plus. J'ai cessé de me battre au sujet de son rythme diurne ou nocturne. Un ado à la campagne en plein mois d'août, c'est ingérable. Faire face au vide à seize ans, c'est anxiogène. Ça relève de l'introspection. À Paris, on le comble plus facilement.

Un rayon de soleil traverse le salon et me rappelle que cette maison de campagne est bien la meilleure idée qu'on ait eue avec Alex depuis notre mariage. La plupart du temps, au mois d'août, on part à l'étranger, mais cet été, je répète une pièce qui se jouera en septembre à guichets fermés dans un grand théâtre parisien.

Je ne dois pas tarder à prendre la route. J'en ai pour une heure et demie, deux si ça roule mal. Les répétitions avec Léonard, le metteur en scène, sont intenses. Il nous met dans un état de doute permanent. J'aime mon métier. Je ne pourrais jamais vraiment dire que je vais « travailler ». Quand je vais répéter, c'est comme si j'allais à nouveau jouer dans la cour de récré. À dix-sept ans, j'ai découvert la comédie sur une idée de ma belle-mère. Je suis montée sur scène pour la première fois. C'était à l'occasion du spectacle de fin d'année de l'atelier théâtre du lycée. Ça a été une révélation. C'était encore plus fort que les baisers de Lenny, que les soirées entre potes, que l'alcool et les mecs. J'étais faite pour ça. C'était dans mes tripes. Je me sentais plus vivante que jamais.

J'ai fréquenté les théâtres et les acteurs, les comédiennes et les metteurs en scène, les troupes, les profs, les coachs aux méthodes françaises, ceux aux méthodes américaines. Peu à peu, de petit rôle en petit rôle, je me suis introduite dans ce milieu. Je ne suis pas une star. Je ne suis pas « connue ». Mais je travaille régulièrement sans jamais souffrir de moments de creux. J'ai ma petite reconnaissance dans le milieu et ça me va très bien. À dix-sept ans, le théâtre m'a sauvée. Très vite, j'ai su que jouer me serait indispensable. Que c'est à ça que j'allais me raccrocher. Ne jamais cesser d'aller chercher cette petite étincelle de l'enfance.

J'avale un petit déjeuner en quatrième vitesse, douche rapide et je m'installe dans la voiture. Le dernier album des Strokes volume maximum. Le seul endroit où je peux encore écouter ce que je veux sans que mon mari ou ma fille aient leur mot à dire.

J'arrive au théâtre et salue tout le monde. Mes camarades de jeu, je les connaissais d'avant. Ce sont des amis, des vieux de la vieille, comme on dit. On s'entend bien. On chahute dans les coulisses, on fume des clopes, on grignote. Des ados attardés. On ne grandira jamais. Ce métier regorge de gens qui ne veulent pas vieillir. Ne jamais perdre ce cap, cette fraîcheur, ce goût du jamais-pareil. Il règne une ambiance festive à chaque début de répétition. Un joyeux bordel. Quand Léonard arrive, l'atmosphère se tend aussitôt. Fini la récré. Ce n'est pas qu'il soit particulièrement désagréable, mais son attitude rappelle sans cesse qu'on n'est pas là pour se marrer. Entre Léonard et moi, c'est électrique. D'abord parce que j'ai toujours eu un sérieux problème avec le cadre. Ensuite parce que travailler avec un metteur en scène, c'est tout lui donner de soi, sans aucune concession. Et souvent, on frôle les limites. On joue avec le feu. On donne à voir ses failles. Les liens s'approfondissent et paradoxalement deviennent plus complexes.

D'une manière générale, ma relation avec les metteurs en scène est assez passionnelle, oscillant entre fascination et rejet. Je ne pense pas m'aventurer dans de grandes analyses si je suggère que mon histoire précoce avec Lenny a largement contribué à cet état de fait. Il y a dans cet échange comédien-metteur en scène une forme de domination jusque dans la direction du geste, du mot, du ressenti. Je le recherche autant que je le rejette. Je n'aime pas être dirigée, mais j'éprouve un plaisir immense à ce qu'une personne que j'admire prenne l'ascendant sur moi. M'accompagne dans mes actes et mes pensées. Et c'est encore plus jubilatoire quand c'est à l'initiative d'un projet créatif. Je me demande même si la quête de ce lien si fort et si étrange n'a pas été le lieu de mon attirance pour ce métier.

Il est troublant de se dire qu'une enfance déteint sur la totalité d'une vie. Par la suite, on est tatoué de ce qu'on a vécu. En bien ou en mal. On cherche à le reproduire sans cesse. Même si on a tout oublié, l'inconscient se charge de nous ramener là où on est déjà passé. Comme s'il nous soufflait : « Vis-le et revis-le tout au long de ta vie pour que tu le comprennes enfin. Que tu en saisisses le sens. »

Après cette journée de répétition, je reprends l'autoroute en sens inverse. Un éternel recommencement. Papa et Anna viennent passer le week-end à la maison. Je suis heureuse de les voir. Il y a dix ans, ils ont fait l'acquisition d'une petite *finca* à Ibiza. Au début, ils allaient y passer quelques semaines de temps à autre. Aujourd'hui, ils ne rentrent pratiquement plus. Paris est devenu trop intense pour eux. Ils sont à la retraite et n'ont plus les mêmes préoccupations. Avec le temps, mon père s'est assagi. Il s'est trouvé une nouvelle femme et n'a plus rien à prouver à personne. Déchargé de toute contrainte, il n'aspire plus qu'à une chose: la sérénité. La mer est devenue sa plus grande thérapie. Loin d'elle, il se défait.

Cette autoroute est sans fin. Je réfléchis à mon organisation du soir. À ce qui leur ferait plaisir. Presque une année entière s'est écoulée depuis la dernière fois où j'ai vu mon père. Notre relation est en nette amélioration depuis mes vingt-cinq ans et j'en suis heureuse.

À dix-huit ans, je n'éprouvais plus que de la colère pour papa. Nous avions perdu toute forme de lien. Nous étions vides de nous deux. Mon adolescence avait emporté le peu qu'il nous restait à partager. Il m'apparaissait que Lenny et papa avaient pris toute la place dans ma vie affective. Je devais affronter mon père pour devenir enfin adulte de la même manière que j'avais dû « tuer » Lenny pour faire le deuil de notre amour. Mon seul but à cette époque était de me trouver. Et pour cela, je devais être libre. J'étais forcée d'y parvenir, c'était vital.

Après être passée par des chemins incertains, j'avais trouvé l'ultime remède. La solution la plus radicale et miraculeuse pour arriver à mes fins: la transgression. À vingt ans, elle était devenue ma nourriture quotidienne. Papa n'était plus là pour me surveiller. Ça m'ouvrait soudainement le champ des possibles. Tout ce qui m'avait été interdit pendant des années me devenait subitement autorisé. Les mecs plus âgés: testés. Les drogues de toutes sortes: testées. Les soirées jusqu'au lendemain midi: testées. Voler, mentir, fumer, boire, baiser n'avait plus aucun secret pour moi. Je sombrai tout à coup dans les méandres de la nuit parisienne. Avec ce sentiment quasi omniprésent du pathétique au petit matin. Désormais, je ne m'appelais plus Lola mais Lolita. Ce prénom à lui tout seul disait qui j'étais. C'était ma nouvelle identité. Celle à laquelle je m'en remettais désespérément.

Sophie et moi étions toujours inséparables, la transgression en plus. Nous formions un nouveau trio de taille. J'étais l'initiatrice de chaque connerie à faire, de chaque expérience nouvelle à partager. Elle était le meilleur compagnon de route qu'on puisse avoir. Elle était curieuse, voulait tout expérimenter et, comme moi, n'avait aucune limite. Sa devise : ne jamais nous séparer pour qu'il ne nous arrive rien. Ses motivations n'étaient pas les mêmes que les miennes. Elle me suivait. C'était mon binôme, celle à qui je pouvais tout demander. Avec qui je pouvais tout tester. Papa lui reprochait sa mauvaise influence sur moi. Pas une seconde il ne pouvait imaginer que sa petite fille chérie soit capable d'un tel esprit de contradiction, d'une telle folie. Et pourtant. Il avait fabriqué ce monstre de rébellion. L'interdit à outrance, la surprotection avait fait de moi un animal en cage qu'on libérait tout à coup. Profites-en, je me disais. Pendant que tu peux encore. Pendant que c'est permis. Avec toujours la peur au ventre que cette liberté me soit retirée. Que ce ne soit que passager et qu'on me renferme de nouveau à double tour. Brûle la vie. Crame-la bien. Encore et encore. Ne perds pas ton objectif de vue : vivre enfin. Goûte à tout, même au pire.

J'étais prise dans une spirale de provocation. J'y mettais ma colère, mes démons, mes rancœurs. J'y mettais toute mon énergie. J'étais précisément en quête d'intensité. Assoiffée de sensations fortes. Outre la présence trop pressante de mon père pendant des années, il me semblait que cette enfance chargée d'émotions précoces avait eu un rôle dans cette sortie d'adolescence chaotique. Je voulais ressentir à tout prix. Vibrer de toutes les manières possibles. Flirter sans cesse avec l'interdit. L'interdit avait imprégné toute mon enfance et il était hors de question de laisser de côté ce bon vieux mode de fonctionnement.

Il y avait aussi ce dernier détail. Celui dont je ne parlais jamais parce que j'étais trop orgueilleuse. Lenny m'avait violemment sortie de sa vie après avoir été mon tout premier amant. Ce n'était pas rien. C'est lui qui avait initié cette séparation. « Oublie la brève mais merveilleuse aventure que le destin nous a offerte. » Je pouvais raconter ce que je voulais. Je pouvais faire la fière et dire au monde entier que j'étais passée à autre chose. C'était lui et lui seul qui avait décidé du sort de notre histoire. Et je n'avais eu qu'une seule chose à faire : abdiquer. Obéir. M'incliner. Le soulager. Le laisser vivre sa vie. La mienne était devant. La sienne était déjà bien entamée. Ma colère s'était exprimée quelques mois après cette lettre du 26 mai 1990. Cette période avait été nécessaire. Salvatrice.

Aujourd'hui, j'en ai presque tout oublié. De cette époque sombre, je ne me souviens que de ce que j'étais venue y chercher : des sensations.

J'arrive à la maison. Alex débarque peu après moi, les bras chargés de courses. Il se fait une joie de passer ce moment en famille. Mon père et lui s'entendent bien. Les bons vivants savent se reconnaître. J'attends ces retrouvailles depuis longtemps. Ici, ce n'est pas comme à Paris. On ne dîne pas pour se séparer quatre heures plus tard. On profite. On s'arrête. On vit ensemble. On partage un moment coupé de l'espace et du temps. La maison s'y prête.

On se met tous à la tâche parce que recevoir mes parents est une vraie fête. Alex s'affaire en cuisine. Je pourrais le regarder des heures. J'admire sa motivation. Il est bien meilleur que moi aux fourneaux. Moi, je suis comédienne. Ce n'est pas pareil, ce n'est pas la même générosité mais c'en est une quand même. Il cuisine comme un chef. Tout est précis, orchestré. Je l'observe. C'est une chose que je continue de faire après toutes ces années : m'arrêter sur lui.

Louise dévale l'escalier et me demande à quelle heure ils arrivent. C'est la troisième fois en une heure qu'elle me pose la question. Je vois qu'elle s'est apprêtée pour accueillir ses grands-parents. Qu'elle porte du large, du moulant, du long, du court, des baskets ou des talons, tout participe indéfectiblement à sa beauté. À moi, il ne fallait jamais dire que j'étais belle. À ma fille, je le dis tout le temps.

Louise, c'est mon portrait craché à l'exception du fait qu'elle veut grandir trop vite. Je suis certaine d'y être pour quelque chose. Bébé, elle a marché avant les autres. Petite fille, elle traînait toujours avec les plus grands. Année après année, elle voulait tout faire avant l'âge autorisé. Elle aimait passer du temps avec les adultes. Elle était curieuse, avide d'expériences en tous genres. Adolescente, elle a été plus précoce que moi. On lui donne toujours plus que son âge. C'est une petite femme qui assume sa beauté quasi parfaite et n'a pas peur de mettre ses attributs en avant. Elle est fière de ce qu'elle est. Bien dans sa peau. Elle court sans cesse après la liberté. Elle s'imagine qu'en atteignant l'âge adulte, elle y accédera plus vite. Mais elle se trompe.

L'arrivée de ma fille a été un vrai bouleversement dans ma vie. Tout au long de ma grossesse, je n'avais cessé de me demander comment j'allais pouvoir élever un enfant alors que moi-même j'en étais une. J'avais trente ans et largement passé l'âge d'avoir ce type de pensée. Et pourtant, cette question m'obsédait. J'étais tétanisée à l'idée de mettre au monde un enfant. Donner la vie me terrifiait au plus haut point. J'étais persuadée de ne pas en être capable. De ne fondamentalement pas être faite pour ça.

Durant huit longs mois après sa naissance, j'ai pleuré sans m'arrêter. J'étais l'ombre de moi-même. Je comprenais qu'il fallait que je me sépare de l'enfant que j'étais pour pouvoir me connecter à ce petit être dépendant et l'aimer. Que je fasse le deuil de tout ce que j'avais été avant elle. Je ne me nourrissais plus. Je perdais connaissance. Je pleurais encore. Me morfondais. Je ne savais plus qui j'étais. J'étais en plein deuil de moi-même. De tout mon passé aussi.

Quand Louise est née, j'ai entamé la seconde moitié de ma vie. Je suis devenue mère. Pendant quatre années, je me suis oubliée. Je n'étais plus que mère. Ni une femme, ni une enfant, ni une femme-enfant. À défaut d'autre chose, j'avais fini par trouver refuge dans la maternité. Cette dernière m'offrait tout à coup une nouvelle identité sur un plateau. Si tu ne sais pas qui tu es : sois mère. Et quand on n'a pas d'autre choix que de s'y raccrocher, elle a cette capacité de vous prendre tout entière. De vous manger tout cru. L'annihilation de soi. L'enfermement. La privation de liberté. Elle avait eu raison de moi. Louise était devenue mon obsession, ma nouvelle passion, ma priorité. De « Lolita », j'étais passée à « maman ». Mère était mon nouveau moi.

Je devais tout donner à cette enfant, prise aussi par la culpabilité et les regrets de n'avoir pas été à la hauteur durant les premiers mois de sa vie.

Le temps a passé. Quand elle a eu cinq ans, j'ai fini par lâcher prise. C'est elle qui était en demande de ça. Comme si elle m'avait dit : « Ça y est, maman, je suis plus autonome maintenant, je vais grandir vite pour que tu puisses te retrouver. »

Autour de nous, les gens ont vu Louise s'ouvrir au monde. Elle souriait de nouveau. J'ai dans l'idée que sa nécessité de brûler les étapes avait été aussi un moyen de me soulager. En se défaisant de moi, elle m'avait laissé la place de devenir autre chose qu'une mère – peut-être enfin une femme. Pour cela, elle s'était mise à vouloir tout faire tout de suite. Les enfants ont cette intelligence instinctive. Ils s'adaptent à vous et à votre histoire. Ils se font tout petits pour vous laisser l'espace nécessaire.

Aujourd'hui, je peux dire que je ne me sens toujours pas femme. Lorsqu'on me demande mon âge, j'ai chaque fois la sensation de parler d'une autre que moi. Je n'ai pas l'âge que j'ai, c'est mon histoire.

Tout est prêt pour leur arrivée. Louise a dressé une grande table dans le jardin et allumé des bougies.

J'entends la voiture qui se gare dans l'allée. On se précipite à leur rencontre. Papa a les bras chargés de paquets en tous genres. Des cadeaux pour sa petite-fille, des produits frais, des bouteilles de vin pour Alex. Il n'a jamais cessé d'aimer manger, partager, profiter. Il ne peut pas cacher son enthousiasme d'être enfin parmi nous.

Louise lui saute au cou. Il ne s'en faut que de quelques centimètres pour qu'elle le dépasse. Il la détaille de haut en bas : ses vêtements, ses cheveux, son maquillage, son regard franc et déterminé. Il découvre une petite femme qui lui rappelle sa fille. Il est fier. Papa me serre ensuite dans ses bras. Un an sans se voir, c'est beaucoup trop long. Nous devrions aller plus souvent leur rendre visite à Ibiza.

Nous prenons l'apéritif. Anna est déjà en grande conversation avec Louise. Elle a toujours eu cette faculté incroyable de saisir l'adolescence. De ne mettre aucune distance entre les âges. C'est fascinant.

Mon père est en pleine forme. Je le trouve beau. Il ne change jamais. Il continue de s'entretenir. Il a récemment découvert les bienfaits du yoga avec Anna et ne jure plus que par ça.

Au moment de passer à table, il me rejoint à la cuisine. Je sais qu'il a quelque chose à me dire.

— Ça va, papa ?

Il se racle la gorge. La veille au soir, ils ont dîné chez Marc, le père de Lenny. Je suis surprise qu'ils soient à nouveau en contact. Je trouve ça super : c'est un de ses plus vieux amis. Je me souviens de ces moments de ma jeunesse où, quand il me glissait une information de ce genre, je tendais l'oreille pour ne pas en louper une miette.

Il me raconte le dîner. Ce qu'ils sont devenus, Marc et sa femme. Ils ont vieilli. Alex arrive au beau milieu de la conversation. Il connaît déjà toute l'histoire entre Lenny et moi.

Marc et Diane continuent d'aller à Ibiza tous les étés mais dorénavant, ils passent leurs vacances dans le nord de l'île pour fuir le tourisme de masse. Peut-être que l'été prochain papa et eux se reverront là-bas. Peut-être même aussi qu'on viendra y passer quelques jours avec Louise. Comme au bon vieux temps.

J'ai très envie d'y retourner. Trois ans que je n'y ai pas mis les pieds ! C'est étrange de le dire mais pour moi, cette île est bien plus qu'un simple lieu de vacances. Je crois que j'y suis attachée comme à un membre de ma famille.

Je ne demande pas de nouvelles de Lenny. Je m'en fiche. Mais comme Alex et moi sommes secrètement connectés, il m'entend penser et le fait par provocation.

— Et comment va Lenny ?

Papa sourit.

— Lenny va bien, il est océanographe et habite en Islande. Il a l'air très heureux là-bas. Loin de tout.

Mon père n'en sait pas beaucoup plus à part que Lenny souhaite avoir mon numéro de téléphone pour reprendre contact. Je ne réagis pas à cette information « importante » jetée au milieu d'une phrase sans importance. Je n'ai aucune envie que Lenny m'appelle. Je crois même que je n'aimerais pas cela. Le passé ne m'a jamais intéressée que pour comprendre le fonctionnement de la psyché. Je n'aime pas l'idée de revoir de vieilles connaissances. Ça appuie toujours sur ce même bouton. Ça renvoie à la vieillesse et au temps qui passe. Ça ne me procure aucun plaisir.

Alex, lui, ne comprend pas que nous ne nous soyons jamais revus. C'est selon lui une histoire qui aurait dû se solder par des mots. Une conversation.

Papa me dit que Lenny n'est pas n'importe qui. Qu'il était comme un frère pour moi. Je ris de l'entendre prononcer cette phrase aujourd'hui. Il se met tout à coup à penser que Lenny a eu une influence majeure sur moi et que ça lui donnerait le droit de réapparaître dans ma vie. Comme s'il faisait partie de la famille. Un oncle, un cousin ou je ne sais quoi.

Son discours a bien changé. Alex est d'accord avec lui. Moi non. Je pense que nous changeons et que les liens du passé se desserrent naturellement. Qu'il n'y a pas à forcer le destin. Je leur dis que c'est irrationnel, que je ne peux pas l'expliquer mais que je n'en ai pas envie, c'est tout.

Parfois je suis fascinée par la capacité de mon mari à n'avoir aucune mauvaise pensée. Alex n'a pas une once de jalousie en lui. Il a cette force que peu d'hommes ont. Celle de ne jamais penser qu'il peut me perdre. De ne jamais me faire sentir que je lui appartiens. J'admire cela. C'est délicieusement dangereux tout en étant infiniment rassurant.

Louise arrive dans la cuisine avec Anna et s'immisce dans la conversation. Elle nous demande de qui on parle. Mon père lui explique, avec ses mots. Elle sait déjà qui est Lenny, mais je le laisse lui raconter. Avec son recul. Son interprétation. J'écoute. « Une belle amitié amoureuse », il dit. Ça semble ne lui poser aucun problème d'en parler en ces termes trente ans plus tard. C'est fou la force du déni chez les personnes qui vieillissent ! Comme si le temps avait pris soin d'effacer les traces de leurs erreurs. Je ne dis rien. Je ne reprends pas mon père. Il sait déjà ce que je pense. Il sait déjà qu'il a gâché cette partie de ma jeunesse. Que, sans s'en rendre compte, il a saboté dix ans de ma vie sentimentale.

Je me suis souvent demandé ce qui se serait passé s'il ne s'était pas interposé entre Lenny et moi. Si les adultes n'avaient pas joué leur rôle. Je ne saurai jamais si ce qui avait freiné Lenny à l'époque était sa propre morale ou celle que les adultes nous avaient insufflée.

Si nous avions consommé cette relation alors que je n'étais encore qu'une enfant, sans doute que je ne serais pas la même aujourd'hui. Cette belle idylle aurait peut-être tourné au sordide. Lenny avait été fort. Très fort. Face à l'enfant, puis l'adolescente volontaire que j'étais, il avait toujours résisté. Il était resté de marbre jusqu'à mes dix-sept ans. Il avait attendu. Aujourd'hui, je réalisais le cadeau qu'il m'avait fait. Je prenais aussi conscience du rôle paradoxal des adultes dans notre histoire. Quelque part, ils m'avaient protégée au même titre qu'ils m'avaient empêchée. Et je n'avais toujours pas la réponse à cette question essentielle : était-il vraiment nécessaire de nous protéger alors que nous n'étions que des enfants ? Lenny était plus âgé mais il n'avait rien d'un prédateur. Ses intentions étaient pures. Nos sentiments, sincères. L'amour n'a pas d'âge. C'était uniquement ça dont il était question.

Papa s'était donc permis de donner mon numéro de téléphone à Marc. Encore une fois, ça passait par les adultes. À la seule différence que cette fois, c'était pour nous « réunir ».

Louise s'exclame qu'elle trouve ça super. Que peut-être nous retomberons amoureux ! Je lui dis que c'est impossible. Je n'aime pas les vieux. Alex sourit.

Je n'ai jamais désiré d'hommes âgés. Quand j'ai eu vingt ans, j'ai pensé qu'à leur contact je retrouverais la chaleur, le réconfort et l'expérience de Lenny. Mais ce n'était que pur fantasme. Ils me dégoûtaient. Ils étaient, à eux seuls, la promesse de mourir trop vite. J'aimais la jeunesse. Éperdument. Et j'étais encore et toujours amoureuse du physique de Lenny. De ce corps d'éphèbe qui avait été mon tout premier objet de désir. Ce corps-là n'avait jamais cessé de me hanter.

Nous passons le week-end à nous raconter les uns les autres. À profiter de chacun parce que le temps nous est compté. Nous faisons de longues balades en forêt. Alex et papa vont jouer au tennis. Nous discutons pendant des heures avec Anna. Elle me parle de ce choix qu'ils ont fait il y a dix ans et dont ils se félicitent encore. À Ibiza, ils ont trouvé leur équilibre. Ils vivent face à la mer et c'était le rêve de mon père. Ils se sont créé une nouvelle famille d'amis. Pour la plupart, ce sont des expatriés, comme eux. Anna m'explique que sans cela, ils ne seraient pas restés ensemble. Elle me raconte la crise qu'ils ont traversée. Celle qui les a secoués lorsqu'ils ont compris qu'ensemble ils n'auraient pas d'enfant. Il a fallu avancer, avoir de nouveaux projets. Se réinventer. Ne pas rester dans cette incapacité à appréhender le futur. Trouver autre chose qui les arrime à la vie. Qui les soude, dans la durée. Sans doute tout déconstruire pour reconstruire. Cette nouvelle vie, pour mon père et Anna, avait comblé le manque de l'enfant. Tout simplement.

Certains disent que les projets permettent de rester jeune. Anna et mon père en sont la preuve vivante.

Trois jours plus tard, ils finissent par regagner leur île. Nous nous reverrons bientôt. La première de ma pièce est dans quelques semaines et pour rien au monde ils ne rateraient l'occasion d'y assister.

Louise part en camp de vacances à l'étranger. Elle attendait ce moment avec impatience. Elle commençait à compter les jours avant sa « libération » et devenait impossible à canaliser. Les coups de gueule, le manque de patience, les portes qui claquent. Ces derniers jours, je m'étais dit : elle n'est pas ma fille pour rien. Sa révolte, c'était la mienne à son âge. Le sentiment d'étouffer au contact des proches. Tout se transmet. Tout circule. Sans le vouloir, tout s'inscrit dans les cellules.

La vie reprend son cours. Alex et moi apprécions d'être à nouveau seuls dans notre grande maison. Je me réapproprie notre couple. Je m'y réfugie et savoure ce tête-à-tête inédit avec mon mari.

Les jours passent et je repense souvent à Lenny. À ce coup de fil que je suis censée recevoir. Des années que je ne m'étais pas replongée dans ce passé. Je l'imagine trente ans plus tard et cette idée me soulève le cœur. La sensation est désagréable. Je ne peux pas la nommer. Sa jeunesse disparue, c'est ce qui m'apparaît en premier lieu.

La pièce prend forme. C'est un long travail de précision mais c'est excitant.

Il est 22 heures, à peu près l'heure à laquelle nous terminons de répéter ces derniers soirs. Incapable de refaire cent cinquante kilomètres en sens inverse – ces allers-retours m'épuisent –, je préfère rester dormir à l'appartement de Paris.

Dans ma voiture, je branche mon téléphone en haut-parleur et mets la musique en marche. Un message vocal s'affiche. Ce numéro, je ne le connais pas. Il vient de l'étranger. Je sais que c'est lui. Lenny.

Je ne veux pas l'écouter. Je n'en ai pas envie. Peut-être que je n'y suis pas préparée. C'est illogique, je le sais, mais je préfère la légèreté de la musique à sa voix. J'augmente le volume et continue de rouler dans Paris. Je ne vais pas en direction de chez moi. Je roule à l'aveugle. Et je repense à toutes ces années à n'avoir que lui en tête. À ces moments d'émerveillement, de solitude, de frustration. À cet amour du passé, résolument terminé. Je me remémore Lenny à vingt ans. À cet âge, bien que plus vieux que moi, il me séduisait. Il m'inspirait un avenir. Il était plein de promesses. Sa maturité d'aujourd'hui n'aurait pas la même saveur. Je regarderais ses rides, je jugerais sa façon de parler, de penser, de réfléchir. Je décèlerais ses défauts, je décrypterais ses failles. J'accéderais tout à coup à la lucidité d'une femme de quarante-six ans. Lenny avait toujours eu peur que je l'idéalise du fait de notre différence d'âge. C'était d'une étonnante clairvoyance. Il y avait d'ailleurs sans doute une grande part de narcissisme dans le lien qu'il avait tissé avec moi et dont j'avais eu du mal à me défaire durant toutes ces années. Moi, Lola, huit ans, dix ans, douze, quatorze ou seize ans, je ne lui renvoyais que de l'admiration quand les conquêtes de son âge pointaient invariablement ses défauts. C'était ça qu'il aimait chez moi. Son reflet dans mes yeux. Ce n'était pas de la Lola de huit ans qu'il était amoureux mais de cette image de Prince charmant qu'il s'était octroyée depuis toujours et qui se reflétait dans mes yeux. Lui et sa perfection dans mon regard.

Je sais aujourd'hui que ce n'est pas parce que j'ai aimé le jeune homme de vingt ans que j'aimerais celui de cinquante-trois. Il n'y a pas de logique à ça. Pas d'évidence. Il n'y a que le temps. Et le temps a décimé cet amour de jeunesse. Aujourd'hui, Lenny a le goût du passé. Même s'il a eu une incidence sur ma vie de femme, il ne signifie plus rien. Il n'a plus lieu d'être.

Il y a des timings à l'amour. J'en suis convaincue.

En me couchant seule dans le grand lit, je réalise tout à coup que Lenny est réapparu dans ma vie. Cette nouvelle donnée m'obsède. Alors, j'écoute le message.

La voix tremble. Elle est fébrile. Elle n'est pas la même que dans mon souvenir. Elle n'a pas de joie. Elle dit simplement : « Bonjour, Lola, je sais que c'est bizarre, tu n'auras peut-être pas envie de me rappeler mais je voulais te parler. Je vais venir à Paris bientôt. J'aimerais bien te voir. Je pense que mon numéro s'est affiché. Salut ! »

Je réécoute encore ta voix. Et j'appuie aussitôt sur la touche du rappel automatique. Sans réfléchir. Je me l'ordonne.

Je le fais parce que je me connais. La froideur, le détachement. J'aurais pu ne jamais te rappeler. Faire comme si tu ne m'avais jamais téléphoné. Alors j'appuie sur la touche et la sonnerie étrangère retentit instantanément. Le cœur qui se soulève. Tu décroches. Tu sais que c'est moi. Tu as pris soin d'enregistrer mon numéro.

— Lola ?

Je ne réponds pas tout de suite parce que ma voix reste bloquée à l'intérieur. Je suis muette. Prise de court. J'écoute les respirations. Et puis...

— Oui.

— Je pensais que tu ne rappellerais jamais. C'est ton père qui a donné ton numéro au mien. C'est drôle, non ?

— Oui.

— Je vais venir à Paris dans quelques jours. J'aimerais bien te revoir.

— Je suis assez débordée, tu sais.

La conversation ne s'éternise pas. Elle est cordiale. Sans accroc. Je ne lui promets rien. Je ne m'étends pas. C'est un sentiment confus. Celui d'avoir échangé avec un vieil ami du passé, une connaissance de la famille, un amant qui a laissé une bonne impression.

Durant la nuit, je rêve de lui. Nous avons rendez-vous dans un café parisien. Je suis partagée entre l'excitation et la peur de revoir cet homme que je ne connais plus.

Il m'attend, seul au fond de la salle. Je m'installe face à Lenny. Je porte ma plus belle tenue. À ma grande surprise, je remarque qu'il est resté le même. Il n'a pas vieilli. Il est fidèle à mon souvenir. Les traits de son visage sont identiques. Le corps, la voix, les cheveux, les expressions : rien n'a changé. Lenny a vingt ans. Face à moi, il y a un miroir que je scrute sans cesse, obsédée par mon image. Le reflet qu'il me renvoie est insoutenable : je suis en train de vieillir à vue d'œil. Je me décompose. Et plus il me parle, plus je me fane. Les yeux se creusent, le visage s'émacie, les lèvres s'affinent, les cheveux blanchissent. À la fin de notre conversation, qui n'a pas grand intérêt, j'ai le physique d'une vieille dame. Je ne dis rien. Stoïque, je cache mon effroi. Je prends conscience que le temps s'est arrêté sur Lenny alors que sur moi, il travaille en accéléré. Pas un seul instant il ne s'agit de sentiments dans ce rêve. Il s'agit uniquement de mon rapport au temps et de l'angoisse qu'il me procure.

Je me réveille en sursaut, bouleversée. Il est 4 heures du matin. J'appelle Alex. Il ne décroche pas. Comme par hasard, ce cauchemar vient me surprendre la nuit où je suis seule. Je ne veux plus me rendormir. J'ai peur. Je reste de longues minutes à ressasser ce cauchemar. À tenter de me l'expliquer. Alex finit par rappeler. Je lui raconte. Il perçoit les sanglots. C'est douloureux. Profond. Je lui dis cette petite fille qui n'a jamais voulu grandir. Il sait que cette angoisse-là, c'est la mienne. La seule. La vraie.

Je me rendors et termine ma nuit enveloppée dans un plaid sur le canapé du salon. Le soleil me réveille trop tôt. La migraine est effroyable. Je pourrais me faire porter malade mais j'avale un cachet. Je dois me lever et m'efforcer de ne pas manquer cette répétition. Ce sont les derniers jours les plus importants.

La journée s'annonce beaucoup trop longue pour cette courte nuit. J'oublie mon texte. Je ne me concentre pas. Je n'ai pas de patience. Léonard me pousse à bout et je lui tiens tête. Impossible de comprendre ce qu'il me demande. Il n'y a rien à tirer de moi. En fin de journée, je quitte le théâtre, contrariée, de mauvaise humeur, avec la sensation de n'avoir pas été à la hauteur. Dans ces moments, je me déteste. Je pourrais tout envoyer balader.

De retour à la campagne. Retrouver ma bulle. Vite. Alex remarque mon état aussitôt le pas de la porte franchi. Je n'ai pas très envie d'en parler. Il sait comment m'amadouer. Il se met aux fourneaux, m'ouvre une bonne bouteille de vin et démarre les derniers épisodes d'une série en cours. Je ne me lasse jamais de ces soirées en sa compagnie. Il n'y a pas meilleur remède qu'Alex.

Ces deux jours de pause vont me faire du bien. Parfois, ma vie me fatigue. Pourtant, je l'ai choisie. Parfois, je la subis. La pression de ce métier incertain, Paris, les allers-retours incessants. Il me faut des vacances. Je ne vais pas en avoir avant un bon moment. Heureusement qu'il y a ces week-ends à la campagne, ces petites respirations dont j'ai besoin pour rester éveillée, alerte.

Les jours d'été passent plus vite que ceux d'hiver. Ils sont pleins de douceur. On les laisse filer sans jamais en prendre conscience. En hiver, on souffre du froid, du manque de lumière, et on compte les jours qui nous mèneront à la belle saison. L'hiver, ça ne nous laisse jamais tranquilles.

Louise a l'air de s'éclater. Elle n'est pas pressée de rentrer ni de reprendre les cours. Elle me manque. Elle ne m'appelle pas beaucoup. Et quand c'est moi qui prends l'initiative de le faire, les conversations sont courtes, efficaces. Elles restent sommaires. Ma fille ne perd plus son temps à partager les détails avec moi. Elle a bien mieux à faire. Les copains ne sont jamais très loin et l'instant susceptible de lui échapper toujours à portée de main. Je suis forcée de me rendre à l'évidence : elle prend son envol.

Quand elle est à la maison, je le ressens aussi. Je me projette souvent dans ce désir de liberté qui l'anime. Je la lui laisse, cette liberté. Je la lui envie, alors je la lui donne. Sans restriction. J'ai confiance en elle. Je ne suis pas inquiète. Je m'étais toujours promis de lui offrir ma confiance. C'est précieux, la confiance d'un parent. Je m'étais juré de ne pas faire comme on avait fait avec moi. La laisser vivre ses expériences tout en gardant un œil discret sur elle. Je ne sais pas ce que je ferais si demain elle me disait : « Maman, j'aime un tel mais il a sept ans de plus que moi. » Je ne sais pas comment je réagirais...

Je me le suis souvent demandé. Je n'ai jamais eu la réponse. Après tous les questionnements auxquels j'ai eu à faire face en tant que mère, la confiance m'est apparue comme la seule chose à maintenir entre nous. Celle qu'on ne m'avait pas donnée. L'absolue nécessité de la laisser faire ses choix. De ne pas projeter mes angoisses d'adulte sur elle. Parce qu'un enfant apprend et doit faire son chemin à travers son propre prisme. Pas celui du parent. L'insouciance pour moi se préserve. Elle ne dure pas longtemps. Il faut en prendre soin.

Encore un trajet en direction de Paris. Cet été sera marqué par ces allers-retours incessants. Je sature. J'ai reçu un message de Lenny me disant qu'il était arrivé à Paris, et qu'il y resterait une quinzaine de jours. Il avait déjà tenté de me joindre plusieurs fois mais je n'ai pas trouvé le temps de le rappeler.

Aujourd'hui, ça roule bien. Je suis en avance. Je compose son numéro. Pas de réponse. Quelque part, ça m'arrange mais le soulagement ne dure pas. Cinq minutes plus tard, la sonnerie aiguë du téléphone retentit, coupant net la musique que je suis en train d'écouter. Cette fois-ci, je suis mieux préparée à encaisser cette conversation.

Tu me racontes ta vie en Islande. La nature, la beauté des paysages. Ce qui te pousse à vivre dans ce pays, loin des tiens. Tu me parles de ton travail, du labo de recherche qui t'emploie. De la responsabilité d'un programme de formation de l'université des Nations unies qu'on vient de te confier. Tu parles beaucoup de toi. Tu combles les blancs, tu n'as pas envie d'en laisser. Je ne suis pas très bavarde, mais je t'écoute. Tu as toute mon attention. Tu ne mentionnes pas ta vie privée. Comme si elle n'avait pas grand intérêt. Comme si la pudeur t'en empêchait aussi. Une possible porte ouverte entre nous. Je m'applique donc à te poser les questions défendues.

— Ta femme Mathilde, tes enfants. Ça m'intéresse. Que deviennent-ils ? Quel âge ont-ils ?

L'un des deux va se marier. Tu risques d'être bientôt grand-père. Tu prononces cette phrase que j'exècre :

— Ça ne nous rajeunit pas.

Non, Lenny, je te le confirme.

Je me gare devant l'entrée du théâtre. Il se met à pleuvoir des trombes d'eau. La conversation peut encore se prolonger : ce n'est pas le moment de sortir de la voiture.

Après avoir longuement épilogué sur ta vie, tu t'intéresses enfin à la mienne. Tu me poses des questions sur cette pièce que je prépare. Tu me félicites d'être allée au bout de mes rêves. Faire ce métier te paraissait inaccessible. Tu rêverais de venir me voir jouer. Je te promets de t'envoyer une place pour la première qui a lieu dans trois semaines.

— Tu seras encore à Paris ?

— J'essaierai de revenir. C'est une occasion qui ne se rate pas.

C'est à peu près tout ce que tu veux savoir de moi. Tes parents ont déjà dû te tenir au courant de ma situation familiale, parce que tu ne la mentionnes pas. Elle n'existe pas. Comme si cette partie de ma vie t'appartenait encore. Comme si tu redoutais d'entendre qu'après toi, il y a eu la possibilité d'une vie heureuse. Tu es enthousiaste, plein d'énergie. Tu es content de m'entendre et tu n'as pas envie que cette conversation s'achève. Et puis, c'est comme si on avait fait le tour. Comme si on s'était tout dit. Un long moment de silence. Un flottement qui signifie qu'il faut raccrocher maintenant. Et puis tu me le dis. Tu me dis que tes sentiments pour moi n'ont jamais changé. Qu'ils sont restés intacts. Qu'à plusieurs reprises tu as cherché à me recontacter mais que ça n'était jamais le bon moment.

— J'ai beaucoup ressassé. J'ai compris que nous deux, ça n'était rien d'autre qu'un rendez-vous manqué, un mauvais timing. Tu étais trop jeune et je n'étais pas assez solide. Je peux te le dire maintenant, tu n'as jamais cessé de hanter mes pensées. Tu fais partie de moi.

Je ne sais pas comment réagir. Je reste muette, incapable d'émettre un son. Ce silence, je ne veux pas que tu imagines qu'il cache autre chose que de la gêne. Tu penses sûrement qu'il masque la colère enfouie. Celle dont je ne me serais jamais débarrassée parce que je t'aime encore.

— Tu ne dis rien ? Tu es encore fâchée ?

Je suis fascinée par cet excès de confiance dont tu fais preuve et qui, a priori, est resté intact. Tu me parles encore comme si j'avais quinze ans. Tu ne doutes de rien. Tu ne te dis pas que trente ans plus tard, j'ai pu éventuellement t'oublier et trouver l'amour ailleurs que dans tes bras.

Alors je te réponds sans détour parce qu'il faut que tu comprennes aujourd'hui qu'une vie entière nous sépare :

— Non. Je ne t'en veux plus. Je suis très heureuse.

Tu ne m'impressionnes plus. Je n'ai pas de rancœur. Je ne suis plus « fâchée », comme tu dis. La rancœur, c'est quand on attend encore quelque chose de l'autre. Quand on n'en est pas détaché tout à fait. De toi, je le suis, détachée.

Je te le dis comme ça. Très simplement. Tu souris.

— Tant mieux si tu es heureuse. Il n'y a que ça qui compte aujourd'hui. Je voulais te dire... cette histoire entre nous... je n'ai pas réussi à l'assumer. Je voulais être sûr que tu ne m'idéalisais pas. Il fallait que tu vives des choses avant de t'embarquer avec moi. Tu n'étais qu'une enfant. Et aussi, je crois que j'ai eu besoin de montrer aux autres que notre relation était pure. Mais ça, tu ne l'as jamais su. C'est l'analyse que j'en ai faite des années après.

— ...

— De toute façon, tu étais trop bien pour moi. En grandissant, tu ne m'aurais plus aimé.

À ces mots, je te trouve tout à coup touchant. Mais ça ne dure que quelques secondes. Ça s'en va aussi vite que c'est venu.

La conversation se termine là-dessus. Tu es déçu, je le sens au son de ta voix. Tu t'attendais certainement à de merveilleuses retrouvailles.

— Ne t'inquiète pas, Lenny, on se reverra avant ton départ.

Cette promesse te réconforte instantanément et je raccroche. Avec le sentiment de t'avoir brisé en mille morceaux.

Je reste impassible. Je ne ressens rien de particulier. Comme s'il était quelqu'un d'autre. Un anonyme. Comme si le fait d'avoir coupé ce lien pendant si longtemps l'avait annihilé.

Cette froideur, je ne sais pas si c'est celle de la fierté, celle qui se met en place à mon insu quand j'ai besoin de me protéger, ou si c'est de l'indifférence pure. Ça, je n'arrive pas à le savoir.

J'ai promis de trouver un moment pour le croiser avant son départ. Sa venue à Paris, c'est comme un prétexte pour me revoir.

Je regarde fixement les gouttes tomber sur le pare-brise et réalise tout à coup qu'il est l'heure de la répétition. Léonard ne tolère plus aucun retard.

Pendant l'heure du déjeuner, je me replonge dans le rêve de l'autre nuit. À ce qu'il révèle de moi et de ma plus grande angoisse. Celle du temps qui passe et auquel je n'échappe pas. Parfois, les choses n'arrivent pas par hasard dans une vie. Elles viennent là pour vous titiller, mettre le doigt sur votre capacité de résilience. Nous devrions quitter ce monde en ayant tout réglé. Libérés de nos craintes. En ayant fait la paix avec nous-mêmes. Sereins. Revoir Lenny. Concept sur lequel je ne m'étais jamais penchée mais qui m'apparaît en cet instant comme l'ultime étape pour avancer.

Le soir, en rentrant, j'en parle longuement avec Alex. Il insiste une fois de plus pour que cette rencontre ait lieu. Alex est le seul à avoir accepté mon histoire avec Lenny dans tout ce qu'elle a d'absolu et à m'avoir fait confiance. Ce n'est pas un hasard. Sa confiance, je l'ai sentie en tout premier lieu. Je m'y accroche éperdument. Elle est le socle de notre histoire. Celle dont j'ai sans doute manquée dans ma jeunesse.

Alex me demande ce que je redoute le plus dans cette rencontre. Sa vieillesse. La sienne et la mienne, ensemble, réunies. Deux vieux amants que le temps n'aurait pas épargnés. Ce premier amour est certainement ce qui me rattache à l'enfance et qui a faussé mon rapport au temps. Il m'apparaît aujourd'hui impossible de le voir, à l'âge que j'ai. Comme si le voir serait couper définitivement avec cette part de moi-même. Comme si elle faisait partie des fondations. Celles auxquelles on ne doit pas toucher sous peine de tout briser.

Alex m'écoute attentivement. Il est attendri par mon analyse.

— C'est un chemin que tu dois faire seule.

C'est ce qu'il me répond. Avec ces mots-là.

Louise rentre de vacances dans trois jours. J'ai hâte de la retrouver. Deux semaines sans la voir, c'est beaucoup trop long. Je prends conscience que notre relation est encore très fusionnelle. De son côté, Alex a repris le travail. Nous avons regagné notre appartement parisien. Retrouvé notre vie à cent à l'heure. Je me console et me dis que je n'aurai plus à faire ces kilomètres interminables tous les jours. Au théâtre, nous ne faisons plus que des filages. La générale a lieu dans une semaine. Comme chaque fois, j'ai le trac qui monte. C'est un sentiment étrange, qui oscille entre excitation et appréhension. Ça prend toute la place. Toute ma tête. Toute mon énergie. On a tous hâte de présenter enfin cette pièce au public. On se sent prêts. J'adore cette sensation d'avoir tellement travaillé au point d'être libérée de la technique et du texte. Après, on ne fait plus que s'amuser. On lâche tout. Léonard est beaucoup plus détendu. Je pense qu'il n'est pas loin du résultat qu'il espérait.

Lenny m'envoie à nouveau un message. Il veut prendre un café avec moi. Dîner, ce serait encore mieux, il dit. J'accepte le café pour le lendemain, après ma répétition.

Je me démaquille dans ma loge. Enfile mon jean qui me résiste. Pourquoi j'ai l'impression d'avoir pris cinq kilos en une journée ? J'ai peur de changer d'avis. Je suis lente, désordonnée. Ça trahit l'angoisse qui s'installe. Tout à coup, je réalise que vingt-huit ans se sont écoulés depuis notre dernière rencontre. Face au miroir, je vois une femme de quarante-six ans, terrifiée par ces retrouvailles. Je me sens de nouveau fragile. Dans la peau de la jeune fille que j'étais à l'époque. La sensation est intacte, elle reprend possession du corps.

Mon visage. Mes rides. J'attrape ma trousse de maquillage et me refais le teint en vitesse. Je rougis mes lèvres. Je souris. Prends une profonde inspiration et passe la porte de service.

Le café est presque vide. Mon cœur cogne fort dans la poitrine. Je cherche un homme de sept ans mon aîné. Un homme de cinquante-trois ans. Je ne vois personne. Peut-être qu'il n'a pas eu le courage de m'affronter. Qu'il n'a pas eu la patience d'attendre. Ce serait une excellente nouvelle.

Je prends place à l'intérieur, adossée à la vitre du café. Je guette les clients qui passent. J'envie la légèreté de leur vie. Face à moi, un grand miroir tapisse le mur du fond. Comme dans mon rêve. Ce fameux miroir qui m'a suggéré de fuir ce rendez-vous. Dans son reflet, je crois apercevoir un homme. Je suis interrompue par le serveur. Pousse-toi, tu es en plein dans ma trajectoire ! Je lui demande un déca pour l'expédier. J'enfile mes lunettes de vue. Oui. Il y a bien un homme. Qui ne peut pas me voir d'où il est. Le regard est vide, triste. Les cheveux sont poivre et sel. Ce n'est plus la même personne. C'est toujours spectaculaire de découvrir le physique de quelqu'un qu'on n'a pas vu depuis près de trois décennies. Tout se transforme sous les effets de l'âge : la morphologie du visage, la peau, la chevelure, le nez. Je suis face à un étranger. Je ne le connais pas. Je ne l'ai jamais vu. Lenny joue avec le sucrier. Il attend la femme qu'il n'a pas vue depuis vingt-huit ans. Il ne semble pas appréhender la rencontre. De loin, sa gestuelle le trahit. Il semble enfermé dans sa solitude. Parfois, une attitude peut être plus parlante qu'un regard. Il ne sait pas que je l'observe et pourtant... je vois tout. De ma place, je te vois, Lenny. Et je vais décider si je m'avance vers toi ou non.

C'est au-dessus de mes forces. Je perds mes moyens. Je ne saurais pas quoi te dire. Je n'aurais pas envie de te serrer dans mes bras. Je ne voudrais pas subir cette vision de nous deux meurtris par les années. Ce serait comme regarder une horloge qui tourne. Je n'ai jamais voulu de montre à mon poignet. Je n'en ai jamais eu besoin. C'est comme ça que je me suis construite. C'est à cause de notre histoire que je me suis isolée du temps.

Je sors quelques pièces de ma poche, les jette maladroitement sur la table et quitte cet endroit à toute vitesse. En espérant que tu ne m'aies pas vue. Que tu ne me suives pas. Je traverse le boulevard. Je crois bien que je suis en train de me défiler. Des années plus tard, c'est à moi de ne pas avoir le courage de t'affronter. D'être lâche. C'est à mon tour de te décevoir. Je savais bien qu'un jour, la roue tournerait.

Le soir, Alex me demande comment se sont passées mes retrouvailles avec Lenny. Alors, je lui raconte. La peur qui m'a noué le ventre. Le besoin irrépressible de fuir. Évidemment, ma réaction lui paraît démesurée.

— Peut-être que quelque chose te lie plus profondément à Lenny.

Non, je ne crois pas. Chez moi, tous les sentiments du passé se volatilisent avec le temps, de la même manière que les souvenirs se dissipent. Mon cerveau est programmé pour ne jamais se retourner.

Par la suite, Lenny m'avait laissé plusieurs messages auxquels je n'avais pas répondu. Il avait été attristé par ce rendez-vous manqué. Il l'avait formulé sans détour. Que de ne pas me voir venir avait été douloureux pour lui. Son tout dernier message disait : « Je n'insiste plus. Je viendrai à ta première te voir jouer. Tu as raison. C'est peut-être mieux de rester sur une bonne impression, celle de nos vingt ans. »

Cette phrase résumait tout. En la lisant, je m'étais dit qu'il avait enfin compris. Il avait cette délicatesse. Cette sensibilité qui me touchait tout particulièrement quand j'étais jeune. Celle-là, il ne l'avait pas perdue.

La première

Dans les coulisses, ce n'est plus l'ambiance des répétitions. Les comédiens sont dans leur loge. Les techniciens peaufinent les derniers détails. Tout s'organise autour d'un seul objectif: la réussite de cette première.

Léonard passe nous voir. Chacun à notre tour, nous avons droit à notre petit conseil personnel. Il s'assure que nous sommes au mieux de notre forme. Que l'énergie et la motivation sont là. Il fait le point.

Pour nous tous, c'est le grand soir. Celui que je préfère. Il faut être complètement masochiste pour faire ce métier. Avant chaque nouvelle représentation, dans cet état de fébrilité paralysante, je me demande pourquoi j'aime me produire devant un public. Qu'est-ce que je viens y chercher ? Qu'est-ce que je cherche à prouver ?

Les cœurs palpitent. L'angoisse monte. L'émotion est palpable. Celle qui nous rassemble. Ça court dans tous les sens. La dernière heure, c'est la pire.

Je m'enferme à double tour dans ma loge et mets de la musique. J'ai toujours eu une sensibilité à fleur de peau mais dans ces moments-là, elle est exacerbée. Ça ne m'épargne pas. Les comédiens frappent à la porte pour discuter, se changer les idées ; on est tous dans le même bateau, on cherche à fuir le trac. Ce sentiment que j'aime et que j'exècre à la fois. Celui qui vous rend addict à l'adrénaline une fois monté sur un plateau.

Alex me téléphone. Lui non plus ne tient pas en place. Ce que je ressens intérieurement, il le vit par procuration. Des mois qu'il attend de voir cette pièce. Louise m'envoie un message. Elle m'assure que je serai parfaite, comme d'habitude.

Je reçois aussi un texto d'Anna et mon père à leur sortie de l'avion. Ils sont impatients et déjà en route pour le théâtre. Chacun m'envoie son petit mot de soutien. C'est réconfortant. Mais ça fait monter la pression d'un cran.

Rien en revanche de la part de Lenny. Peut-être ne viendra-t-il plus. J'y songe un instant. Je prends conscience de l'importance pour moi qu'il soit présent ce soir. Je ne cherche pas à me l'expliquer parce que c'est incompréhensible. C'est probablement à cet instant que je réalise combien il compte. Je lui écris un message. Je le relis plusieurs fois avant de l'envoyer. « *Je n'ai pas été courageuse. À chacun son tour d'être lâche. Ce soir, j'ai peur, et je voudrais que tu sois là. Je voulais te le dire.* »

Il y a la pièce. Le trac. Le jeu. Le plaisir qui s'installe doucement. Il y a la sensation unique que l'on ressent au contact du public. L'émotion. Le bonheur et la passion. Il y a la concentration extrême. La possibilité d'être ailleurs. La folie de se mettre à nu. Le lâcher-prise. La joie de tout donner. L'envie que ça dure encore.

Et soudain, il y a la fin. Le rideau. Les applaudissements. Le soulagement. Le point qu'on se fait à soi-même. Le salut. Les gens qui dans un élan se lèvent et sont émus. Les regards portés sur vous. Ceux que vous croisez. Ceux que vous reconnaissez. La sensation de s'extraire de sa bulle pour réintégrer la réalité. De ne pas être tout à fait là. Dans cet entre-deux fascinant.

Sur la même rangée au troisième rang, je vois mon père, Anna, Louise et Alex, debout, les yeux brillants de sincérité. Je les aime tellement.

Derrière eux, il y a Lenny. Il se lève à son tour, son regard dans le mien. Les rides au coin des yeux quand il me sourit. Je salue encore. Une larme.

Cette larme, je ne sais pas pourquoi elle perle. Je ne quitte pas Lenny des yeux. Je m'accroche à ce regard qui, par le plus grand des mystères, me rassure encore. Il attrape son manteau, bouscule les gens pour s'extirper de la rangée et sort discrètement de la salle.

La sensation de vide me submerge tout à coup. L'émotion monte plus fort encore sous les applaudissements du public. Je pleure de plus belle. Je ne sais pas si je suis heureuse, triste, désemparée. Je ne sais pas ce que je ressens exactement. Tout se mélange.

On regagne les coulisses une nouvelle fois avant de faire le dernier salut. Léonard m'aperçoit au loin. Il s'approche de moi et d'un revers de la main, sèche soigneusement mes larmes :

— Tu as été formidable, Lola. Je suis fier de toi.

Il me dit aussi :

— Ne pleure pas, ce n'est que le début.

Remerciements

Je remercie David.

Je remercie mon père, mes sœurs, ma famille. Ma mère qui ne m'a pas lâchée quand il était l'heure de faire des rédactions et qui m'a donné le goût du mot juste.

Alex et Loulou. Toujours là...

Je remercie les trois personnes qui ont fait exister ce roman ailleurs que dans le disque dur de mon ordinateur : Inès Barbier (pour m'avoir donné l'élan de le finir plus vite que prévu, pour sa générosité, son dévouement), Manon Buselli (pour avoir été l'éditrice la plus patiente et la plus compréhensive qui soit), Stephen Carrière (pour y avoir cru dès la première lecture).

Merci à mes amis et à ceux-ci plus particulièrement : Philippe, Calo, Camille, Laura, Céline, Caro, Aurore, Lili, Vanessa, Sabine, Alysson, Sophie, Ben, Romain et Peggy.

Merci à James Frey pour son talent et son enthousiasme.

Merci à François Kraus qui m'a dit : « Écris-le. »

Enfin, merci à Angie et Shlomo qui ne sont jamais très loin (je vous dois une forme de petite renaissance intérieure...)

Mis en pages par DV Arts Graphiques à La Rochelle,
cet ouvrage a été achevé d'imprimer
par Firmin-Didot, groupe CPI, à Mesnil-sur-l'Estrée,
pour le compte de S. N. Éditions Anne Carrière,
57 rue Gaston-Tessier 75019 Paris,
en février 2021.

Imprimé en France
Dépôt légal : mars 2021
N° d'édition : 1021 – N° d'impression : 162838